Silke Lüttmann

**Labrador Siley
ermittelt**

Tod
im friedlichen
Roggenmoor

Ammerland-Krimi

Für die besten Menschen
der Welt:
Hunde

Die Autorin:

Geboren 1971, aufgewachsen in Bad Zwischenahn und nach dem Abitur lange Jahre als Fitnessfachwirt tätig gewesen.

Sie lebt mit einem Hund glücklich im schönen Ammerland und träumt von einem Resthof, auf dem sie Schafe und noch mehr Hunde halten kann.

© 2023 Silke Lüttmann
Herstellung und Verlag: BoD – Books on Demand, Norderstedt
ISBN: 9783757879372

Rechtschreibfehler sind bestimmt zu finden, so gut auch
gegengelesen wurde, diese dürfen behalten werden.

Veränderungen von örtlichen Gegebenheiten sind als künstlerische
Freiheit zu betrachten. Es handelt sich nicht im einen Reiseführer,
sondern um eine fiktive Handlung, bei der auch alle genannten
Personen rein fiktiv sind.
Lediglich Labrador Siley und sein Frauchen sind reale Lebewesen.

Prolog

Mein Name ist Siley, ich bin von blauem Blut. Ich lebe mit meinem Frauchen Silke im schönen Ammerland. Die Tage verlaufen in geordneten Bahnen, in denen Silke sich um unseren Resthof mit den sieben Schafen, Hühnern und Wachteln kümmert. Ich passe auf Silke und unsere Tiere auf, wenn ich nicht gerade mit Schlafen oder Fressen beschäftigt bin. Silke macht mir mit Ausflügen, auf denen ich im Dickicht eines Waldes oder dem Gestrüpp am Feldwegen meine Nase arbeiten lasse und die Zeit mit Silke zusammen genieße.

Hätte Silke gewusst, was uns am kleinen See in Roggenmoor, den wir gern umrunden, erwarten könnte, hätte sie sicher ein anderes Ziel für uns ausgesucht. Doch wir waren da und fanden etwas, das niemand zu vermissen schien, was uns jedoch wieder einmal in Gefahr und mit kuriosen Dingen in Berührung brachte.

1

Silke hatte die Stallarbeit erledigt und fand, dass wir einen Ausflug verdient hatten. Sie zog mir mein Geschirr an und packte auch den kleinen orangen Ball ein. Ich ahnte da schon, wo wir hinfahren würden. Mit dem Wagen fuhren die kleine Straße hoch, an deren Ende Silke parkte und mich aus dem Kofferraum ließ. Ich rannte direkt zwischen den Bäumen durch auf den kleinen See zu. Das Wasser war klar und ich nahm eine Schnauze voll davon. Silke kam lachend hinter mir her, „Dafür, dass du Wasser nicht magst, bist du aber schnell hier gewesen." Ich stand schwanzwedelnd vor ihr und wartete darauf, dass sie den Ball in den See warf. Der Ball flog in hohem Bogen ins Wasser und schwamm dann darauf. Ich bellte wie verrückt. „Nun geh schon rein. Hol den Ball." Ich nahm meinen Mut zusammen und sprang ins Wasser. Als schlecht schwimmender Labrador ging ich erst unter, kam dann aber schnell wieder hoch, schüttelte den Kopf und strampelte mit den Vorderpfoten, um an den Ball heranzukommen. Nach anfänglichen Schwierigkeiten gelang mir die Koordination meiner Beine besser und ich näherte mich dem Ball, fasste ihn mit den Zähnen, drehte mich zackig um und schwamm zum Ufer zurück, wo Silke mich freudig in Empfang nahm.

„Das hast du prima gemacht.", lobte sie mich. Sie warf den Ball erneut ins Wasser und ich holte ihn dieses Mal schneller wieder an Land. „Super gemacht." Silke packte den Ball wieder ein, „Lass uns nun unsere Runde um den See gehen." Sie ging bereits voran und ich schnupperte rechts und links an dem kleinen Trampelpfad. Wir genossen diese Zeit zusammen und ließen uns Zeit.

„Hast du das gehört?" Silke blieb stehen und lauschte. Ich hatte ebenfalls etwas gehört und suchte eine Stelle vor uns mit den Augen ab. Silke bewegte sich vorsichtig ein paar Schritte weiter. „Sei leise und bleib bei mir." Wieder hörten wir das Geräusch, es klang wie ein Jammern. Ich drängte mich an Silke vorbei und hob die Nase. Da war etwas. „Was riechst du?", flüsterte Silke. Ich hatte eine Fährte aufgenommen und lief durch das Unterholz. „Warte, ich kann nicht so schnell." Sie kämpfte mit den tiefhängenden Ästen und kam nur mühsam hinter mir her. Immer wieder blickte ich mich um und wartete auf Silke. Das Geräusch wurde lauter und es war nun deutlich als klägliches Jammern zu erkennen. Ich rannte los, Silke lief nun auch einfach durch das Unterholz und holte sich dabei von den Ästen und Büschen Striemen an Armen, Beinen und Gesicht.

Unsere Suche endete an einem Baum. Dort saß an einem kurzen Tau angebunden ein Labrador. Es war ein cremefarbener Rüde. Silke sah auf den Rüden, der uns jämmerlich ansah. „Pass bitte auf, Siley.", Silke war in Sorge um mich. „Du armer Kerl.", mit ausgestreckter Hand ging Silke vorsichtig auf den Hund zu. Der Labrador blieb sitzen und sah Silke an, er wedelte freundlich mit der Rute und ich ging auf ihn zu. Er versuchte aufzustehen, doch das Tau war so kurz, dass es ihn wieder nach unten zog. Er jaulte auf. „Warte, ich mache dich los." Silke suchte das Ende und öffnete den Knoten. Der Labrador-Rüde leckte ihr die Hand und kam dann auf mich zu. Sein Fell war an der Brust mit Blut befleckt. Silke kniete sich neben ihn und mich und untersuchte, ob er eine Verletzung hatte. „Du scheinst keine Wunde zu haben. Woher kommt das Blut?" Sie sah ihn an, doch er wedelte nur mit der Rute und freute sich sichtlich über die wiedergewonnene Freiheit. „Du kommst erst mal mit uns.", entschied Silke und ich nahm den Rüden unter meine Fittiche. Wir liefen auf direktem Weg zurück zum Auto und Silke sah mich an. „Vertragt Ihr euch, wenn ich euch zusammen in den Kofferraum setze?" Ich sprang in den Kofferraum und bellte. Der cremefarbene Labrador sprang mir nach und wir saßen brav vor Silke.

„Okay, verstanden.", lachte Silke, „Dann kann es ja losgehen."

Zu Hause untersuchte Silke erneut den Labbi-Rüden, doch außer, dass er hungrig war, schien er in guter Verfassung zu sein. „Ich wüsste zu gern, wer dich so grausam an den Baum gebunden hat. Und auch, woher das Blut an deinem Fell kommt." Silke stand auf, holte eine Schere und schnitt dem Rüden ein Teil vom blutigen Fell ab. Dies verpackte sie sorgsam in einer Plastiktüte. Dann machte sie einige Fotos von dem Hund. Ich schaute dem Treiben zu und spürte, wie Eifersucht in mir hochkam. Silke bemerkte dies. „Du brauchst nicht eifersüchtig sein, du bist doch mein Ein und Alles." Sie strich mir über den Kopf und sah mir liebevoll in die Augen. „Ich möchte doch nur herausfinden, woher der kleine Kerl kommt." Nachdem der Labrador versorgt und sein Fell gereinigt war, hatte Silke ihm eine dicke Decke hingelegt, auf der er erschöpft eingeschlafen war. Sie holte ihr Smartphone und rief Marc an. „Moin. Hast du dich auf deinem neuen Posten gut eingelebt?" Sie hielten ein paar Sätze Smalltalk. „Was ist der Grund für deinen Anruf? Lädst du mich zum Essen ein?" Silke lachte. „Nein, aber, jetzt, wo du es sagst, wie wäre es mit Abendessen heute? Ich könnte Medaillons machen mit Rosmarin-

Kartoffeln." „Das klingt köstlich. Was muss ich dafür tun?" Marc kicherte am Telefon. „Najaaa... Ich hätte da tatsächlich etwas. Siley und ich haben heute einen Hund gefunden, der an einem Baum angebunden war. Sein Fell war blutverschmiert und was soll ich sagen... Ich habe den Hund nun bei mir zu Hause. Aus seinem Fell habe ich etwas herausgeschnitten, wo Blut dran ist. Mich würde interessieren, was das für Blut ist, denn von ihm ist es nicht, er hat keinerlei Verletzungen." „Gib mir das heute Abend mit, ich lasse das von meiner Bekannten im Labor untersuchen. Wir sehen uns dann. So gegen 19 Uhr?" „Prima, ich danke dir. Bis nachher dann." Silke legte auf und rief Rainer an. „Marc kommt heute Abend. Bringst du bitte noch etwas Baguette mit?" „Das mache ich. Hat es einen Grund, dass er unter der Woche zum Abendessen kommt?" „Erzähle ich dir nachher. Nur so viel: Hier ist nun ein weiterer Hund auf dem Hof." Rainer lachte, „Bei dir wundert mich nichts mehr. Ich bin auf deine Erklärung nachher gespannt." Sie legten auf und Silke legte sich zu mir auf das Sofa. „Siley, mein Engelchen. Kümmere dich bitte etwas um unseren Gast." Ich gab gurrende Geräusche als Zustimmung von mir und drückte mich an meine Silke.

Das Essen köchelte im Ofen und Silke deckte den Tisch für das Abendessen. Als es am Tor klingelte, lief ich zur Tennentür hinaus. Der Labrador sah mir nach und folgte mir dann langsam. Silke ließ Marc auf den Hof und musste über sein Gesicht lachen. „Zwei Hunde machen sich doch auch gut hier, oder?" Marc behielt unseren Hundegast im Auge, der ihn stürmisch begrüßte. „Kaum zu glauben, dass er erst seit ein paar Stunden hier ist, er scheint bereits heimisch zu sein." „Labradors sind keine Wachhunde, sie sind Menschenfreunde und dieser hier scheint bisher gute Erfahrungen gemacht zu haben." Silke schob den Rüden an die Seite und ging mit Marc ins Haus. „Erzähl, was genau habt Ihr denn in Roggenmoor gefunden. Außer dem Hund." „Im Grunde haben wir nur den Hund. Aber sein Brustfell war über und über mit Blut verschmiert. Ich habe Fotos vor dem Baden davon gemacht und etwas vom blutigen Fell abgeschnitten." Silke reichte dem Kommissar und jetzigem Polizeichef die Tüte mit dem Fell. Marc schaute sie sich an und verstaute sie in seiner Jackentasche. „Ich bringe das morgen nach Oldenburg und lasse es von Marion untersuchen. Damit du Ruhe gibst." Er knuffte Silke und setzte sich an den Tisch. „Moin Ihr beiden." Rainer war eingetreten und blieb wie angewurzelt stehen. „Bist du nun auch auf den Hund gekommen?", er wies mit der Hand auf den cremefarbenen Rüden als er mit Marc sprach. „Ganz sicher nicht.", hob dieser abwehrend die Hände und zeigte mit dem Finger auf Silke. „Siley und ich haben den hübschen Rüden in Roggenmoor am See gefunden. Er war an einem kurzen Tau an einem Baum angebunden und sein Fell war mit Blut verschmiert." Rainer hockte sich hin und der Rüde ging freundlich auf ihn zu und ließ sich streicheln. „Und was machst du nun mit ihm?" „Morgen will ich zum Tierarzt mit ihm. Er soll den Chip auslesen, dann können wir herausfinden, wem er gehört. So ein hübsches Tier wird sicherlich schmerzlich vermisst." „Habt Ihr schon auf den sozialen Netzwerken geschaut?" „Ich habe so etwas doch nicht.", Silke zuckte die Schultern. „Ich will nachher mal schauen.", meinte Marc, „Aber nun habe ich einen Bärenhunger." Silke brachte das Essen auf den Tisch und Rainer zückte das Baguette aus der Tasche. Ich saß mit dem Rüden neben dem Tisch und wartete auf meinen Anteil. „Nun wollen zwei Fellschnuten, dass man mit ihnen teilt."

Marc rief spät am Abend noch einmal an. „Ich habe gerade mal die sozialen Netzwerke durchsucht, aber es ist keine

Vermisstenmeldung zu finden. Mir wäre es lieb, wenn Rainer noch nichts hochlädt, da es sich ja doch um Tierquälerei handelt und ich die Täter nicht gewarnt wissen will. Du möchtest doch sicher auch nicht, dass der Labbi an Halter zurückgeht, die ihn vielleicht selbst dort ausgesetzt haben." Silke stimmte ihm zu und wünschte eine gute Nacht.

„Wir können ihn schlecht "den da" oder "Hund" nennen." Silke sah auf den schlafenden Rüden. Ich lag bei Silke im Arm auf dem Sofa und hatte mein Kuschelbett an den Gasthund abgetreten. „Wie wäre es mit Wolfi?", schlug Rainer vor. „Nein, das passt nicht." Sie überlegten eine Weile. „Nennen wir ihn einfach Lucky, der Glückliche. Das ist zwar nichts Besonderes, aber trifft bei dem kleinen Burschen zu. Er hatte Glück, dass Siley ihn gefunden hat." Rainer nickte, „Das scheint passend." Er hatte den Arm um Silke gelegt und sah sie lange an. „Du würdest ihn gern behalten, oder?" „Einmal auf dem Hof, immer auf dem Hof...", grinste Silke und blickte von mir zu Rainer. „Das scheint ein lieber Labbi-Rüde zu sein. Aber er wird ein Zuhause haben, denn er beherrscht die Grundkommandos und sieht auch gepflegt aus.", wich Silke der Frage aus. „Morgen wirst du beim Tierarzt mehr wissen." Rainer streichelte mich und ich genoss die Zuneigung von den beiden.

Nach der Stallarbeit rief Silke beim Tierarzt an und konnte sofort kommen, nachdem sie vom Hundefund berichtet hatte. Ich sprang mit Lucky in den Kofferraum und fuhr als moralische Unterstützung mit. Mit einem Lesegerät suchte der Arzt den Hals von Lucky ab. „Ich kann keinen Chip finden. Weder da, wo er sein sollte, noch woanders." Silke sah ihn überrascht an. „Aber alle Hunde müssen doch gechippt sein." „Ja, das ist auch so, aber es gibt immer noch genug Leute, die ihre Hunde nicht chippen lassen." „Du kennst den kleinen Kerl nicht zufällig?" „Nein, leider nicht." „Und nun?" Silke sah zu mir. „Kannst du ihn vorerst bei dir behalten?", fragte der Tierarzt. „Ich denke, Siley wird das wohl dulden. Die beiden verstehen sich ganz gut, da wird das ein paar Tage mehr wohl gehen. Wie alt schätzt du Lucky?" „Lucky? Du hast ihm einen Namen gegeben?" „Ja, ich kann ihn doch schlecht nur "Hund" und "den da" nennen." Der Tierarzt schmunzelte, bevor er Lucky genauer ansah. „Ich denke er wird so zwischen fünf oder sechs Jahren alt sein." Silke dankte ihm, bezahlte die Untersuchung und fuhr mit Lucky und mir wieder nach Hause. „Ist das ok für dich, wenn Lucky noch etwas bleibt?" Ich leckte Silkes Hand und sah sie zustimmend an. „Du bist der tollste Hund.", sie umarmte mich und gab mir einen Kuss auf die Nase. Ihre Augen strahlten mich voller Liebe an. „Du wirst immer mein Prinz sein." Lucky hatte uns zugesehen und wartete darauf, dass ich mit ihm zu den Schafen ging. Silke sah uns nach und lächelte, denn Lucky hielt sich eng an mich.

Rainer brachte am Abend ein neues Hundebett mit, das er neben meins legte. „Dann brauchst du deins nicht mehr teilen.", meinte er zu mir. Ich war ihm dankbar, denn meine Kuschelbetten waren so ausgerichtet, dass ich Silke immer sehen konnte, was sehr wichtig für mich war. Silke hatte die Arme auf die Hüften gestemmt und die Stirn in Falten gezogen. „Lucky ist nur Gast bei uns, vergiss das nicht.", ermahnte sie Rainer. Dieser sah sie an und lächelte verschmitzt. „Aber er soll sich doch wohl fühlen in der Zeit, wo er hier ist." Lucky versuchte, sich zu mir in mein Bettchen zu quetschen, doch ich knurrte leise und verwies ihn auf sein neues eigenes Bett, das er akribisch abschnüffelte und in das er sich mit einem lauten Schnaufen endlich ablegte. Er sah zu mir hinüber und ich legte meinen Kopf auf die Kante von meinem Bett und signalisierte, dass ich nun schlafen wollte. Es war einerseits ganz schön, einen kleinen Bruder zu haben, wenn auch nur auf

Zeit, andererseits war es auch anstrengend, da Lucky meine Regeln und unseren Tagesablauf durcheinanderbrachte. Silke setzte sich zu mir, während Rainer Lucky streichelte, der dies sichtlich genoss und sich in seinem Bettchen räkelte. Ich hatte meinen Kopf auf Silkes Knie gelegt und sah sie von unten her an. „Ich weiß, dass das für dich nicht leicht ist. Aber du darfst dir sicher sein, dass du immer meine Nummer eins sein wirst." Sie knetete meine Ohren und ich schloss vor lauter Wohlbefinden die Augen.

2

Lucky hatte nachts noch einmal versucht, in mein Bett zu kriechen, doch ich wies in erneut in seine Schranken und so fügte er sich und blieb in seinem Bett. Am nächsten Morgen wartete er, bis ich aufgestanden war und beobachtete mich genau. Er hielt sich im Hintergrund, was mir wieder etwas Freiraum gab. Silke ließ uns gewähren, sie fütterte uns und schickte uns dann in den Hof. „Ich komme gleich, Ihr könnt schon euer Geschäft machen." Wir trabten in den Hof und Lucky schaute sehnsüchtig zu den Schafen. Ich forderte ihn auf, mir zu folgen. Gemeinsam liefen wir auf die Südkoppel, wo die Schafe noch immer nachts blieben, solange es trocken war. Die Herbstnächte waren auch noch nicht so kühl, dass Silke unsere Damen abends in den Stall brachte.

Lissy kam uns entgegen und hielt sich anfangs noch von Lucky fern, der sie anbellte. Ich knurrte kurz und er verstummte. Lissy kam näher und ihre Vorsicht fiel von ihr ab. Wir tobten eine Weile über die Weide, bis ich Silke sprechen hörte und umgehend in Richtung Haus rannte. Lucky stand verwirrt auf der Weide, rannte mir dann aber hinterher. „Das ging aber schnell.", sagte Silke gerade. „Und das ist wirklich sicher?" Sie sah Lucky an, der mit her- aushängender Zunge vor ihr stand. „Marc, ich danke dir." Sie legte auf. „Was mag dir nur widerfahren sein?", überlegte Silke laut und hockte sich vor Lucky. „Hast du dich vielleicht gewehrt, als man dich angebunden hat, und denjenigen gebissen? Das Blut an deinem Fell war eindeutig menschlich." Lucky sah Silke verständnislos an. Ich drängte mich an ihre Seite und sie wäre fast umgefallen. „Ach Siley.", lachte sie und rappelte sich auf die Beine. „Ich glaube, ich ahne, was du möchtest. Wir sollen nochmal zum See nach Roggenmoor fahren." Ich bellte und drehte mich um meine eigene Achse. „Okay, ich will nur erst den Schafen etwas Kraftfutter bringen und die Hühner aus ihrem Stall lassen." Silke machte sich an die Arbeit und ich wartete bei unserem Auto ungeduldig auf sie. Lucky hatte einen Stock gefunden, mit der spielte.

Auf der Fahrt nach Roggenmoor wurde Lucky unruhig. Ich leckte ihm den Fang, um ihn zu beruhigen, doch er hechelte fast schon panisch. Silke blickte durch den Rückspiegel zu uns, „Siley, was hat er denn?" Wir waren fast da und als Silke den Kofferraum öffnete, sprang ich im hohen Bogen hinaus. Lucky hatte sich platt auf den Boden gelegt und weigerte sich, auszusteigen. Ich bellte nach ihm, doch er bewegte sich nicht. Silke leinte ihn an und zog ihn sanft aus dem Wagen. „Keine Angst, Lucky, du wirst nicht wieder ausgesetzt. Wir gehen nur eine Runde." Lucky wagte sich nicht von der Straße weg. „Na komm.", lockte Silke und hielt ihm ein Stücke Möhre hin. Lucky nahm es und ging langsam mit uns mit. Ich rannte bereits voraus und langte an der Stelle an, wo wir vor zwei Tagen Lucky gefunden hatten. Mit der Nase erforschte ich jeden Grashalm. Ich konnte noch Blut riechen und auch Lucky, der beim Anbinden große Angst gehabt hatte. Doch ich konnte auch seine Wut riechen. Silke und Lucky waren mir nachgefolgt.

Meine Nase zeigte mir, dass ein Stück weiter mehr Blut war. Es war auf einen Punkt begrenzt und ich bellte, damit Silke zu mir kam. Sie versuchte Lucky mitzuziehen, doch er weigerte sich und bemühte sich nach Kräften, aus dem Geschirr zu schlüpfen. „Warte kurz, Siley, ich bringe Lucky wieder in den Wagen. Das hat keinen Zweck so." Sie drehte sich um und Lucky sprintete los, er wollte nur noch aus dem kleinen Wald um den See verschwinden. Ohne ihn kam Silke zu mir zurück. Ich lief ihr entgegen und zog sie aufgeregt an der Jacke, um sie zur Eile zu bewegen, damit ich ihr zeigen konnte, was ich entdeckt hatte. Silke stolperte über Äste und Unebenheiten. „Nicht so schnell." Doch ich zog sie weiter. Dann blieb ich bei einem Baum stehen, unweit der Stelle, wo wir Lucky entdeckt hatten.

Silke schaute sich um, „Was hast du denn gefunden?", fragte sie mich. Ich starrte auf den Baum und sprang auf und ab. „Ich sehe nichts." Silke sah mich fragend an, folgte dann meinem Blick und ihr Blut gefror in ihren Adern. „Oh mein Gott.", flüsterte sie. Ihre Augen waren weit aufgerissen. Sie fingerte ihr Handy aus der Jackentasche, ohne den Blick von dem Baum zu wenden. „Marc... du musst unbedingt kommen." Ihre Stimme war fast lautlos. „Wir sind da, wo wir Lucky, also den cremefarbenen Labrador gefunden haben. Komm bitte sofort. Da ist... ein Mann... es ist schrecklich..." Sie legte einfach auf und stand wie angewurzelt da. Kurze Zeit später hörte ich Äste knacken. „Silke? Wo bist du?" Silke sagte leise „Hier.", doch es war zu leise, als dass Marc sie hören konnte, daher rannte ich los und führte Marc zu dem Baum. „Silke, was ist denn so wichtig, dass ich alles stehen und liegen lassen sollte?" Er griff nach Silkes Arm, dann sah er, wohin sie unbewegt schaute, und blickte ebenfalls hoch.

Der Kommissar schluckte, doch er fasste sich schnell wieder. Vor uns hing ein Mann hoch oben im Baum. Er war an Händen und Füßen in den Baum gehängt worden. In seiner Bauchgegend hatte er eine große Wunde und er war dem vielen Blut am Boden nach vor Ort verblutet. Marc zog Silke nach hinten weg. „Ich rufe die Kollegen. Hier handelt es sich ganz offensichtlich um Mord." Silke nickte. „Der Mann hat doch hier vor zwei Tagen schon gehangen, oder?" „Ich gehe davon aus...", Marc legte den Arm um Silke. „Wir haben Lucky mitgenommen und nicht weiter geschaut. Aber er hatte Blut an seiner Brust." „Silke, ich denke nicht, dass der Mann vor zwei Tagen noch gelebt hat. Aber Genaueres überlassen wir der Gerichtsmedizin." Der Kommissar führte uns zum Wagen zurück und rief in der Wache an, um die Kollegen von der KTU und den Gerichtsmediziner zu rufen. Er erteilte sachlich alle Aufgaben und dann setzte er sich zu Silke und mir in den Wagen. Lucky saß im Kofferraum und sah weiterhin verängstigt aus, schien aber erleichtert, dass wir wieder bei ihm waren.

„Alles ok mit euch?" Marc streichelte mir über den Kopf und sah Silke fragend an. „Ja, geht schon wieder. Das war nur ein ziemlich unschöner Anblick." Lucky bellte von hinten und Silke sah zu ihm rüber. „Ich muss mich mal kurz um den Burschen kümmern." Sie stieg aus dem Auto und öffnete die Kofferraumklappe. Lucky sprang heraus und drängte sich dicht an Silke, die mich zu sich winkte. „Komm, Siley, ich glaube, Lucky braucht deine Unterstützung." Ich lief zu Lucky und leckte ihm die Ohren. Seine Angespanntheit legte sich langsam. Marc sah uns zu und zog die Stirn in Falten. „Was ist denn mit dem Hund?" „Ich weiß es nicht, aber er wurde regelrecht panisch, als wir vorhin in Richtung der Stelle wollten, wo man ihn angebunden hatte." Marc nickte, „Warte bitte kurz hier. Ich will schnell bei den Kollegen etwas nachfragen." Er verschwand in Richtung des kleinen Wäldchen und Silke beugte sich zu uns hinunter. „Jungs, Ihr seid sicher bei mir." Sie stand wieder auf und blickte ungeduldig in die Richtung, wo Marc verschwunden war. Es liefen etliche Leute herum, die den Bereich um den See absuchten.

Marc tauchte wenige Minuten später wieder auf, er drehte sich noch einmal um, rief einem seiner Kollegen etwas zu und kam dann wieder zu uns. „Die Kollegen von der Gerichtsmedizin meinen, dass die Todesursache ein Schuss aus einem Schrotgewehr sein wird. Der Tote war wohl nicht sofort tot, er ist langsam verblutet." Silke sah erschüttert aus. „Ob Lucky dort das Blut an sein Fell bekommen hat?" „Lucky war zu weit entfernt, als dass er mit der kurzen Leine, mit der er am Baum angebunden war, an die Stelle hätte gelangen können." Gedankenverloren kraulte Silke mich. Lucky hatte sich auf den Boden gelegt und starrte in das Waldstück. Als die Gerichtsmediziner mit dem Metallsarg herauskamen und auf ihren Wagen zugingen, sprang Lucky auf und rannte auf den Sarg zu. Er versuchte, diesen anzuspringen und jammerte fürchterlich. Ich war ihm nachgerannt und beobachtete ihn. Silke griff Luckys Geschirr und zog ihn weg, doch er riss sich los und blieb dicht am Sarg.

„Lucky, beruhige dich.", säuselte Silke, doch er jammerte unaufhörlich weiter. „Marc!", rief sie, „Könnt Ihr bitte den Sarg kurz abstellen und öffnen?" Die Gerichtsmediziner sahen Silke verwirrt an, aber als Marc sie darum bat, folgten sie Silkes Wunsch. Lucky setzte sich und schaute in den Sarg. Dann lief er langsam um den Sarg herum. Niemand sagte etwas, alle sahen gebannt auf Lucky, der am Kopfende innehielt und die Nase hoch in die Luft hob. Gerade, als Marc etwas sagen wollte, begann Lucky zu heulen wie ein Wolf. Den Kopf in den Nacken gelegt und heulte laut. Meine Nackenhaare sträubten sich, denn ich fühlte, dass Lucky unendlich traurig war. Das Heulen hielt eine gute Minute an, dann legte er die Pfote auf den Sarg und kam wieder zu uns. Er rieb seinen Kopf an mir und ich leckte ihm die Lefzen. „Das war schräg.", einer der Gerichtsmediziner sah auf Lucky. „Der Tote scheint sein Besitzer gewesen zu sein. Er hat sich verabschiedet." Silke hatte Tränen in den Augen und blickte zu mir. Ich stupste sie an der Hand.

Der Sarg wurde in den Leichenwagen geschoben und der Wagen fuhr ab. Lucky rannte ein Stück hinterher, Silke ließ ihn, gab mir jedoch zu verstehen, dass ich hinter ihm herlaufen sollte. Lucky wurde an der ersten Kurve langsamer und blieb dann stehen. Mit den Augen verfolgte er den Wagen, bis er außer Sicht war. Ich war hinter Lucky geblieben und wartete. Er drehte sich um und kam mit hängendem Kopf zu mir. Lucky tat mir leid und meine Eifersucht legte sich in diesem Moment. Silke holte uns an der Kurve ab, sie hatte sich von Marc verabschiedet und lud uns in den Wagen ein. Lucky legte sich auf den Boden des Kofferraums und rührte sich die ganze Fahrt über nicht mehr. Silke sah mich durch den Rückspiegel an, „Lucky braucht uns nun noch mehr." In ihren Augen sah ich Mitleid und Liebe, Silke ist bei Tieren immer sehr mitfühlend und weich.

Zu Hause folgte mir Lucky nur widerwillig. Er blickte immer wieder zum Einfahrtstor und jammerte. Ich ließ ihn nicht aus den Augen und leckte ihm des Öfteren über das Gesicht.

Irgendwann legte er sich vor die Tennentür und schaute zu den Schafen auf der Weide. Lissy war zum Zaun gekommen, während die anderen Schafe auf dem hinteren Teil der Weide standen. Ich freute mich über Lissys Gesellschaft und gab ihr zu verstehen, dass mein neuer Hundefreund Aufmunterung bräuchte. Lissy blökte leise und Lucky kam neugierig näher. Er machte sich klein und wartete darauf, was Lissy machen würde. Sie legte den Kopf auf die Seite und machte einen Sprung zur Seite. Ich bellte und rannte im Kreis über die Weide. Lucky zögerte noch, doch dann folgte er unserem Spiel und sein trauriges Gesicht hellte sich auf. Silke hatte mein Bellen gehört und war aus dem Haus gekommen. Sie lehnte am Zaun und betrachtete unser Treiben mit einem Lächeln.

Am späten Nachmittag fuhr Rainer vor. Silke hatte ihm bereits am Telefon vom Leichenfund berichtet, doch er hatte einen unaufschiebbaren Mandantentermin gehabt. Rainer ließ sich von Silke unseren Fund genauestens erneut erzählen. „Weiß man denn schon, wer der Tote war?" Silke schüttelte den Kopf. „Marc hat sich bisher noch nicht gemeldet. Es scheint aber sicher zu sein, dass er Luckys Besitzer war. Du hättest ihn sehen müssen, es war furchtbar. Sein klagendes Heulen, das werde ich nicht vergessen." Silke sah auf Lucky hinunter und klopfte sich ans Bein, damit ich zu ihr käme. „Ich bin so froh, dass ich Dich habe." Sie kraulte mir den Hals. „Gegen Siley hat kein Zweibeiner eine Chance.", scherzte Rainer. Das Klingeln unterbrach das Geplänkel zwischen Silke und Rainer, Marc stand am Tor.

„Wir haben die Identität des Toten herausgefunden." Marc sah Lucky an. „Der Mann heißt Michael Gerke. Er wohnte in der alten Siedlung in Augustfehn II. Wir haben ihn anhand seines Gebissstatus identifizieren können." Silke hatte das Kinn auf die Hand gestützt. „Dann wird Lucky nun zu seiner Familie zurückkehren?" „Nein, Gerke lebte alleine. Bisher haben wir noch keine Familienangehörige ausfindig machen können. Wäre es in Ordnung, wenn der Hund noch etwas bei dir bliebe?" „Was für eine Frage...", Silke lächelte. Lucky schien zugehört zu haben, denn er wedelte mit seiner Rute über den Boden. „Du bleibst erst einmal hier." Ich legte meinen Kopf auf Silkes Bein und sah sie an. „Was habt Ihr denn zur Todesursache herausgefunden?" Marc sah von Silke zu Rainer. „Die Gerichtsmedizin in Oldenburg war fleißig." Er machte eine Pause. „Echt jetzt?", Silke wurde ungeduldig und Marc lachte. Dann wurde er wieder ernst und sprach weiter. „Die Autopsie hat ergeben, dass Michael Gerke Reste eines Betäubungsmittels im Blut hatte. Die Fesselmale an Händen und Füßen wurden ihm zugefügt, als er noch lebte. Gerke wurde demnach erst betäubt, dann in den Baum gehängt, was den Täter viel Mühe gekostet haben muss. Erst dann wurde auf Michael Gerke geschossen. Laut Gerichtsmedizin ist er langsam verblutet. Bei der Waffe handelt es sich um ein Schrotgewehr." Rainer war aufgestanden und lief durch den Raum. „Dann geht Ihr davon aus, dass man ihn erschossen hat, als er im Baum hängend wieder wach geworden ist?" Der Kommissar nickte, „Ja, so wurde der Tathergang rekonstruiert." „Das ist furchtbar.", Silke war geschockt, „Damit ist das eine geplante Tat. So etwas muss gut vorbereitet sein. Habt Ihr schon einen Verdächtigen?" „Nein. Aber die Kriminaltechnik arbeitet noch mit Hochdruck." Er trank sein Wasser aus. „Ach so. Das Blut auf dem Fell von Lucky war von Michael Gerke. Wie es dorthin gekommen ist, muss nun auch noch geklärt werden."

Nachdem Marc gegangen war, saß Silke auf dem Fußboden bei Lucky und mir. „Könntet Ihr Hunde doch sprechen, dann könnte Lucky uns sagen, was passiert ist." Rainer reichte ihr einen Tee. „Lass uns die Schafe reinholen, es soll heute Nacht gewittern und dann ins

Bett gehen." Silke stand auf, ich blieb liegen, da Lucky gerade eingeschlafen war und ich wollte ihn nicht allein lassen. „Siley, du weißt genau, was ich denke." Silke gab mir einen kleinen Keks, „Wir sind gleich wieder da." Ich konnte durchs Fenster die dunklen Wolken sehen und durch die offene Tür kam drückende Luft herein. Silke flüsterte mir ins Ohr, dass ich doch diese Nacht bei Lucky schlafen sollte. Ich hatte dies bereits für mich entschieden und freute mich über ein weiteres Leckerli. Silke verschwand mit Rainer im Schlafzimmer, sie ließ die Tür jedoch weit offenstehen, damit sie sofort hörte, wenn etwas mit Lucky und mir sein sollte.

Das erwartete Gewitter kam in der Nacht und Lucky schreckte auf, als der erste Donner erklang. Er kam aus seinem Hundebett in meins gekrochen und ich ließ ihn gewähren. Eng aneinander geschmiegt lagen wir dann in meinem Bett und ich bemühte mich, Lucky nach jedem Blitz, der den Raum kurzzeitig erhellte und dem darauffolgenden Donner zu beruhigen. Silke hatte kurz nach uns gesehen, doch ich zeigte ihr, dass ich ihre Hilfe nicht brauchte und sie ging wieder zurück ins Bett. Ich wusste, dass sie wach bleiben würde, doch Lucky wurde ruhiger und schlief dann wieder ein und mir selbst macht Gewitter nichts aus.

3

Das Gewitter hatte die Luft gereinigt und Lucky war neben mir eingeschlafen. Silke kniete neben uns, als ich wach wurde, und schaute uns an. Ich stand auf, streckte mich und drückte meinen Kopf an Silkes Schulter. „Na mein Aufpasser.", sie nahm meinen Kopf in beide Hände und sah mich mit warmen Augen an, „Habe ich dir schon mal gesagt, dass ich dich über alles liebe?" Ich rieb meinen Kopf an Silke und spürte unsere enge Verbundenheit. „Nein, das hast du mir noch nie gesagt.", ertönte eine Stimme. Rainer war auch aufgestanden und stand im Bademantel hinter uns. Silke drehte sich zu ihm um, „Wer sind Sie denn? Kennen wir uns?", ärgerte sie Rainer. Sie stand auf und Rainer nahm sie in die Arme. „Ich weiß, dass du mich magst. Vielleicht sogar etwas mehr als magst." Er gab ihr einen Kuss auf die Nase. Silke lehnte sich an seine Schulter und die beiden standen eine Weile schweigend da. Lucky unterbrach diesen Moment, da er nun ebenfalls aufgewacht war und mit einem Bellen seinen Hunger bekannt gab. „Die Bagage hat Schmacht.", Rainer ging in die Küche und stellte unsere Näpfe auf die Arbeitsplatte, „Walte deines Amtes." Silke holte uns Nassfutter aus dem Schrank und teilte es gerecht auf.

Während wir unser Futter verschlangen, duschte Silke und Rainer bereitete das Frühstück vor. Nachdem alle gegessen hatten schmiedeten Rainer und Silke Pläne für den Tag. „Was machen wir denn heute?" „Ich möchte gerne am Haus von Michael Gerke vorbeifahren." Silke sah Rainer an. „Dann lass uns doch mit den Hunden dort spazieren gehen, vielleicht kann uns Lucky Hinweise geben." Ich stand etwas abseits und versuchte, das Gefühl loszuwerden, dass Lucky mir meinen Job des Ermittlers in der Familie streitig machte. Silke bemerkte, dass ich mich zurückgezogen hatte und lockte mich. „Willst du nicht mit?" Ich setzte mich hin und sah sie an. Rainer stand bereits mit den Autoschlüsseln in der Hand an der Tür. „Worauf wartet Ihr?" „Siley scheint zu streiken." Silke kam zu mir, kniete sich vor mich und legte den Kopf fragend auf die Seite. „Hör mal zu, mein Engelchen, nur, weil Lucky uns heute Hinweise geben könnte, bist du doch immer meine Spürnase Nummer eins. Außerdem wird deine Nase genauso gebraucht." Ich zögerte noch kurz, doch ich hörte aus Silkes Stimme heraus, dass sie mich wirklich brauchte und so ließ ich mir mein Geschirr anziehen und fuhr mit.

Lucky wurde immer nervöser, je näher wir zum Haus von Michael Gerke kamen. Er drehte sich im Kofferraum um seine eigene Achse und schlug mir dabei mehrfach mit seiner Rute ins Gesicht. Ich tolerierte dies, da ich mir gut vorstellen konnte, was er gerade durchmachte. Silke drehte sich vom Beifahrersitz zu mir, „Siley, Schatz, wir sind gleich da, halte durch." Rainer parkte den Wagen in einer Parkbucht am Ende der Straße und leinte Lucky an. Silke ließ mich freilaufen. Wir gingen langsam die Straße zum Haus von Michael Gerke entlang. Lucky zog wie ein Verrückter an der Leine, dass Rainer Mühe hatte, ihn zu halten. Etwa fünfzig Meter vor dem Haus von Gerke, wo Lucky mit ihm gewohnt hatte, riss er sich los und rannte im Galopp zum Haus. „Lauf ihm nach.", rief Silke und begann ebenfalls zu rennen. Ich sprintete hinter Lucky her, der inzwischen in den Garten eingebogen war und fand ihn an der Terrassentür, wo er an der Scheibe hochsprang und bellte. Ich zwickte ihn in die Seite, um ihn aus der Situation herauszuholen, und als Silke mit Rainer um die Ecke bog, saß Lucky hechelnd vor dem großen Fenster und sah hinein. „Oh je… das war vielleicht keine so gute Idee gewesen. Der Arme… Er ist völlig durch den Wind." Silke näherte sich vorsichtig und flüsterte mir zu, „Lass ihn nicht aus den Augen." Rainer legte die Hände an die Scheibe und blickte in das Haus. „Schön hat er es gehabt." Silke zog am Griff des Schiebefensters und erschrak, als das Fenster sich zu Seite bewegte und öffnete. Sie sah Rainer mit großem Erstaunen an.

Rainer sah sich um, dann zog er Silke ins Haus. „Komm schnell. Und mach die Tür wieder zu." Silke fasste sich und nachdem wir im Haus waren, zog sie das Fenster wieder zu. Lucky ging in die Küche zu seinem leeren Napf und legte sich dann auf seine Decke im Wohnzimmer. Wir anderen liefen durch das Haus und schauten uns um. „Du weißt schon, dass vorne das Polizeisiegel an der Haustür klebt, oder?" Silke sah Rainer an. „Ja, das hat Marc ja gesagt, aber hinten ist keins.", zwinkerte er. „Meine Gesellschaft scheint dir nicht zu bekommen.", lachte Silke. „Du hast einen furchtbar schlechten Einfluss auf mich.", stimmte Rainer zu und öffnete eine Tür. Ich war mit der Nase am Boden herumgelaufen und hatte nichts Ungewöhnliches gefunden. Dies zeigte ich Silke an, indem ich ihre Strickjacke mit den Zähnen fasste und sie zur Schiebetür zu ziehen versuchte. „Siley hat nichts gefunden, er meint, wie sollen gehen." Rainer schloss die Tür wieder, die er geöffnet hatte und nahm die Leine auf, die noch immer an Luckys Halsband hing. „Komm, mein Freund, wir gehen wieder." Lucky stand auf und folgte uns, ohne zu murren. An dem Schiebefenster sah er sich noch einmal um, dann ging er hinaus. Ich lief neben ihm und merkte, dass er sich soeben verabschiedet hatte von seinem alten Zuhause.

„Das war ja mal ein sinnloser Ansatz gewesen.", meinte Silke. Rainer nickte und bemerkte eine ältere Dame, die auf dem Nachbargrundstück stand. „Moin.", grüßte er. „Moin.", winkte sie zurück, „Ach, das ist ja Sunny." Lucky lief auf die Frau zu und wedelte mit dem Schwanz. „Sind Sie die Frau, die Herrn Gerke gefunden hat?" Silke nickte. „Wir können es gar nicht fassen. Michael war so ein netter und hilfsbereiter Nachbar. Wer tut nur so etwas?" Silke hatte ein mitfühlendes Gesicht aufgesetzt. „Mein Name ist Lüttmann.", sie reichte der Dame die Hand. „Schmolke. Renate Schmolke." Die Dame lächelte Silke an. „Sunny war manchmal bei mir, wenn Michael länger arbeiten musste oder er etwas vorhatte." Sie streichelte Lucky, der vorher Sunny hieß. „Die Polizei war bei uns gewesen." Rainer fragte Frau Schmolke, ob sie etwas mitbekommen hätte, aber sie verneinte. Sie lächelte ununterbrochen und wiederholte sich immer wieder. „Manchmal waren bei Michael Freunde zu Besuch, dann haben sie die ganze Nacht am Computer gespielt. Zwischendurch haben die jungen Leute dann auch mal gestritten, aber so ist das unter Freunden ja mal.", zwinkerte sie. „Kennen Sie die Freunde von Herrn Gerke?", fragte Rainer. „Nein, das waren vier junge Männer in seinem Alter." Silke nickte. „Nehmen sie Sunny mit?", fragte Frau Schmolke dann. „Ja, er bleibt erst mal bei uns." „Das ist gut." Die Dame drehte sich um und verschwand hinter ihrem Haus. Rainer zuckte mit den Schultern und sah ihr nach. „Komm. Das bringt uns nicht weiter. Wie sollen wir rausbekommen, wie die Freunde heißen... Nun wissen wir aber, dass Lucky eigentlich Sunny heißt." Lucky sah Silke an und wedelte mit der Rute. „Sunny?" Er wedelte weiter. „Lucky?" Er bellte kurz. „Okay, wir belassen es dann bei Lucky.", kicherte Silke.

Wieder zu Hause, tobte Lucky über die Südkoppel, er rannte wie ein Wilder im Kreis über die Weide. Ich schloss mich ihm kurz an, folgte dann aber Silke und Rainer. Lucky sah mich davongehen und trabte mir dann auch hinterher. Im Haus lief er als erstes zu seinem Napf, leckte dann meinen noch einmal durch und legte sich dann in sein Hundebett. Silke, Rainer und ich sahen ihm dabei zu und dachten alle das Gleiche: „Lucky macht alles so, wie gerade eben bei Gerke im Haus. Er ist hier angekommen.", sprach Silke den Gedanken aus. „Und?", Rainer sah sie an. „Was und?" „Wirst du ihn behalten?" Silke sah mich an. „Das muss Siley mitentscheiden." Ich blickte zu Lucky und wieder zu Silke. Die Vorstellung, einen kleinen Bruder zu haben, war mir ungeheuer, denn ich war nicht bereit, Silke zu teilen. „Mein kleiner Prinz...", sie hatte sich zu mir gehockt und umarmte mich, „Wir überlegen uns das in aller Ruhe, du brauchst keine Sorge zu haben, wir tun nichts, was dir missfällt." Ich leckte Silke über die Wange und lehnte mich an sie.

Marc Rohloff kam nach Feierabend zu uns. Rainer ließ ihn ein und die beiden Männer kamen lachend ins Haus. „Moin, Marc, schön, dich zu sehen.", begrüßte Silke ihn. Der Kommissar setzte sich und Rainer stellte ihm ein alkoholfreies Radler hin. „Danke, das kann ich nun brauchen." „Habt Ihr noch etwas mehr über den Michael Gerke herausfinden können?" Silke sah ihn gespannt an. „Wir haben seinen Vater ausfindig machen können, den die Nachricht vom Tod seines Sohnes so sehr mitgenommen hat, dass wir den Notarzt rufen mussten." Er nahm noch einen Schluck aus der Bierflasche. „Michael war sein einziges Kind und nach dem Tod der seiner Frau blieben nur noch die beiden übrig." „Das ist hart.", Silke sah betroffen aus, „Das einzige Kind zu verlieren." Rainer schwieg und holte sich selbst noch ein Radler und für Silke Wasser. „Ihr seid so schweigsam..." Marc legte den Kopf auf die Seite. „Lasst mich raten... Ihr habt wieder einmal auf eigene Faust Ermittlungen getätigt." „Ja…", gestand Silke mit gespielter Reue. „Wir waren am Haus von Gerke." „Am oder im Haus?", der Kommissar grinste schief. „Die Terrassentür war nicht abgesperrt und Lucky wollte unbedingt ins Haus.", Rainer zuckte mit den Schultern. „So so, der Hund ist schuld." „Lucky wollte sich anscheinend nur verabschieden. Hunde brauchen das genauso, wie Menschen auch." Silke streichelte mich, während sie sprach. „Habt Ihr denn noch etwas entdeckt, was uns vorher nicht aufgefallen sein könnte?" „Nein. Lucky war ganz entspannt gewesen. Aber wir haben mit der Nachbarin gesprochen, Renate Schmolke. Sie hat uns jedoch nur mit belanglosen Informationen versorgen können." Rainer lächelte, als er an das Gespräch mit Frau Schmolke zurückdachte. „Sie ist eine entzückende ältere Dame, die die Freunde von Gerke, die zum Zocken zu ihm kamen, als Jungs bezeichnet." „Kannte sie die Namen der Jungs?" „Nein, die waren ihr nicht bekannt. Sie war nur froh, dass Lucky jetzt bei uns ist." Rainer sah Silke an. „Wie schön du uns gesagt hast.", gab Silke zurück., „Aber sag bitte niemals ältere Dame zu mir.", dabei boxte sie Rainer auf den Arm. Marc verdrehte die Augen. „Ihr beiden, man kann es kaum mit ansehen.", lachte er. Damit endete das

Gespräch über Gerke und Marc blieb noch zum Essen bei uns.

4

Ein paar Tage später schlug Rainer beim Frühstück die Tageszeitung auf. „Hör mal.", sagte er zu Silke, „Die Todesanzeige von Michael Gerke steht heute drin." Silke kam zu ihm und sah Rainer über die Schulter. „Lies bitte mal vor, ich habe die Lesebrille nicht auf." Rainer räusperte sich und begann zu lesen. „In tiefer Trauer nehmen wir Abschied von meinem über alles geliebten Sohn, der mir auf brutale Weise genommen wurde, Abschied. Michael Gerke, geboren am 11.04.1993, verstorben am 09.08.2023." Rainer hob den Blick von der Zeitung. „Gerade mal 30 Jahre alt." „Das ist wirklich furchtbar. Frau Schmolke schien den Michael gemocht zu haben, ihrer Aussage nach war er ein netter Junge." Ich dachte an Frau Schmolke und Lucky erhob sich aus seinem Bettchen. Er schüttelte sich und setzte sich neben Rainer. „Ja, Lucky, dein Herrchen steht heute in der Zeitung." Er beugte sich zu Lucky hinunter und nahm seinen Kopf in seine Hände. Lucky wedelte mit dem Schwanz und leckte über Rainers Arm. Silke lachte, „Lucky scheint dich in sein Hundeherz geschlossen zu haben." „Hast du das gehört, Lucky? Ist das so?" Lucky bellte kurz und sah Rainer an.

Ich ging mit Silke nach draußen, sie wollte die Schafe aus dem Stall lassen und im Anschluss Mist fahren. Während Silke den Stall ausmistete, tobte ich ein wenig mit Lissy auf der Koppel herum. Lucky war bei Rainer im Haus geblieben. Als Silke nach mir pfiff, rannte ich im Galopp zu ihr. Der kleine Schlepper stand startbereit vor dem Tor, Silke hatte den Misthänger bereits angekoppelt. Rainer und Lucky standen bei ihr und warteten darauf, dass sie das Tor öffnen sollten. „Komm, mein Junge.", rief Silke, „Hopp. Du fährst mit mir." Ich ließ mir das nicht zweimal sagen und sprang mit einem großen Satz auf den Trecker. Silke half mir den Rest hinauf auf meinen Platz. Dort konnte sie mich während der Fahrt festhalten, während ich die Fahrt genoss. Lucky rannte ein kurzes Stück bellend neben unserem alten Mc Cormick her, bis Rainer ihn zurückrief und er wieder zurück auf unseren Hof rannte. Ich beneidete ihn ein wenig, weil er sehr viel fitter war als ich, er war nun mal jünger. Silke sah mich an und wusste, was ich dachte. „Siley, du bist immer noch gut in Form." Sie kraulte mir die Wange und ich sah wieder nach vorne und freute mich über den Fahrtwind in meinem Fell.

Am Nachmittag fuhr Marc bei uns vor. „Moin.", grüßte er, „Habt Ihr die Zeitung gelesen?" „Ja, die Beisetzung findet schon diesen Freitag statt." Der Kommissar nickte, „Gerke Senior hat beinahe täglich bei uns angerufen und nachgefragt, wann sein Sohn freigegeben würde. Er soll im Familiengrab beerdigt werden, wo auch schon seine Mutter liegt." „Gerke Junior ist gerade mal 30 Jahre alt geworden. So eine sinnlose Verschwendung von Leben.", beklagte Silke. „Wir haben leider noch keinerlei Ermittlungsansatz." Marc Rohloff sah zerknirscht drein. „Jeder, mit dem wir gesprochen haben, spricht nur gut über den Toten. Er hat in der Maschinenfabrik am Ort gearbeitet. Michael Gerke hat dort damals seine Ausbildung zum Schlosser gemacht und wurde seinerzeit übernommen. Seine Kollegen und auch die Chefetage hat ihn in den höchsten Tönen gelobt. Er soll ein fleißiger und korrekter Mitarbeiter gewesen sein." „Wir haben bei seiner Nachbarin ebenfalls nur Gutes über ihn gehört. Er soll nur manchmal mit ein paar Freunden am Computer gezockt haben, das war aber auch schon alles, was der alten Dame missfallen hatte.", warf Rainer ein. Marc fuhr fort. „Unser Toter war auch bei der freiwilligen Feuerwehr in Vreschen-Bokel. Dort hat man ihn als sehr engagierten Menschen beschrieben, der die Ausbildung der Jugendfeuerwehr geleitet hat." Die drei saßen nachdenklich da. „Glaubst du, dass ein

Psychopath ihn getötet hat? Gerke also nur zur falschen Zeit am falschen Ort war?" Marc zuckte mit den Schultern. „Mir ist das ein Rätsel. Es gibt keine aussagekräftigen Spuren am Tatort. Und doch spricht der Tathergang für einen Mord aus Rache." Ich bellte und stupste Marc am Bein an. „Weißt du mehr als ich?", fragte er mich. „Sollen wir den Tatort noch einmal ablaufen?", fragte Silke. „Das wird nichts bringen, das Gewitter vor ein paar Tagen hat alle Spuren verwischt."

Ich drehte mich um meine eigene Achse. Lucky legte den Kopf auf die Seite und sah mir verwundert zu. „Siley möchte uns irgendetwas sagen...", Silke verstand mich. „Ich will morgen Vormittag die Freunde von Michael Gerke befragen. Seine Kameraden von der Feuerwehr haben mir ihre Namen und Adressen gegeben. Vielleicht möchtet Ihr mit?" Marc sah Silke und mich verschmitzt an. Ich rannte durch die Küche. „Siley hat die Frage damit beantwortet.", lachte Silke, „Wir sind dabei." „Du auch?", wandte sich Marc an Rainer. „Nein, ich muss leider noch einen Jahresabschluss fertig machen, daher denke ich, dass ich mit Lucky hierbleiben werde." Er drehte sich zu Silke, „Wenn das in Ordnung ist." Sie gab Rainer einen Kuss auf die Wange. „Natürlich ist das in Ordnung." Marc erhob sich, „Dann komme ich morgen

vorbei und hole Siley und dich ab."
Damit verabschiedete er sich und fuhr
ins Präsidium.

Am Abend hatte Silke unser Sofa
ausgeklappt und wir lagen nach dem
Essen gemeinsam darauf, um einen
Film zu schauen. Ich hatte mich in
Silkes Arm gekuschelt und genoss das
sanfte Kraulen, das mich immer wieder
eindösen ließ. Lucky lag bei Rainer und
himmelte ihn an. „Dass ich mal mit
einem Hund im Arm auf dem Sofa
liegen würde, das hätte ich mir nicht
träumen lassen.", flüsterte er Silke zu,
die kurz den Kopf hob, um sich das
anzusehen. „Verstehst du nun, wie
schön das für mich ist, wenn Siley ganz
nah bei mir liegt?" „Ja, das macht in der
Tat etwas mit einem." Rainer hob
seinen freien Arm, „Hier wäre noch
Platz für ein menschliches Wesen.",
zwinkerte er. Silke rutschte näher zu
ihm heran und schmiegte sich an ihn.
So lagen wir vier den ganzen Abend auf
dem Sofa. Als Rainer und Silke später
ins Bett gingen, blieben Lucky und ich
auf dem ausgeklappten Sofa liegen und
lagen eng beieinander. Lucky
schnarchte leise.

Früh am Morgen sprang Lucky plötzlich
auf und rannte zur Tennentür. Ich hatte
so fest geschlafen, dass ich mich kurz
orientieren musste, bevor ich hinter
ihm herlief. Lucky hatte die Tennentür

aufgestoßen, die Rainer am Abend vorher anscheinend nicht richtig geschlossen hatte, und lief zielstrebig in den Hof. Dort setzte er sich hin und starrte auf das Einfahrtstor. Es war noch keiner unterwegs, da die Sonne gerade erst aufgegangen war und in der Nachbarschaft noch alle in ihren Betten lagen, so wie Silke und Rainer auch. Ich ging zum Tor, konnte jedoch nichts Ungewöhnliches entdecken, daher lief ich den vorderen Zaun auf und ab, doch auch dort war nichts anders als sonst. Lucky saß immer noch unbeweglich an der gleichen Stelle und starrte auf das Tor, er schien in seiner eigenen Welt zu befinden. Erneut schaute ich durch die Streben des Einfahrtstores, wandte mich dann aber um, um zu Lucky zu gehen. Er starrte an mir vorbei, daher näherte ich mich vorsichtig. Als ich vor ihm stand, schüttelte Lucky sich und schaute mich mit großen traurigen Augen an. Er tat mir leid und ich leckte ihm über das Gesicht, woraufhin er seinen Kopf an mich drückte und sich vorn mir wieder ins Haus bringen ließ. In der Tenne kam Silke uns im Bademantel entgegen. „Jungs, was macht Ihr so früh draußen?" Sie sah verschlafen aus. „Kommt wieder rein, es ist gerade mal kurz nach fünf." In der Küche holte sie für jeden von uns einen Keks aus dem Schrank und wies uns dann an, wieder ins Hundebett zu gehen. In der Schlafzimmertür drehte

Silke zu uns um und ich bemerkte ihren verwunderten Blick, sie ahnte, dass etwas nicht in Ordnung sein musste.

Rainer fuhr seinen Laptop hoch, um mit seiner Arbeit zu beginnen, als Marc Silke und mich abholte, um mit uns zu den Freunden von Michael Gerke zu fahren. Lucky hatte sich unter Rainers Schreibtisch abgelegt und machte keinerlei Anstalten, mitkommen zu wollen. Silke gab Rainer einen Kuss und streichelte Lucky über die Nase, „Bleib du fein bei deinem neuen Herrchen." Rainer lachte leise, „Wenn du mich schon nicht willst... Lucky weiß eben, was er an mir hat." „Ich geh dann schon mal zum Wagen.", verdrehte Marc die Augen. Silke und ich fuhren mit unserem Auto hinter Marc her, der die Adressen der Freunde von Michael Gerke nach und nach abfahren wollte.

Wir hielten bei einem Vierfamilienhaus, wo Silke Marc darauf hinwies, dass ich keine Treppen steigen könnte. „Das macht nichts, Jonas Schmidt wohnt im Erdgeschoss." Er zeigte auf das Klingelschild, der Name stand unten links. Ich war erleichtert, denn Treppen waren mir unheimlich, vor allem, wenn ich sie wieder hinuntersteigen musste, daher weigerte ich mich strikt, Treppen zu steigen. Marc klingelte und die Sprechanlage knackte, „Ja bitte?" „Moin. Mein Name ist Rohloff, ich bin von der Mordkommission und hätte einige Fragen zu Michael Gerke." „Ok, kommen Sie rein." Der Türsummer ertönte und Marc stieß die Tür auf. Im Treppenhaus stand Jonas Schmidt bereits an seiner Haustür und wartete, er sah verwundert auf Silke und mich. „Das ist Frau Lüttmann und ihr Hund, sie unterstützen die Ermittlungen im Fall Gerke." Herr Schmidt bat uns herein. „Das mit Michael, das war ein Schock. Wir haben letzte Woche noch zusammen gezockt und nun ist er einfach nicht mehr da." Der Mann zündete sich eine Zigarette an. „Herr Schmidt, können Sie mir sagen, ob Michael Gerke in letzter Zeit Probleme oder Ärger mit jemandem gehabt hat?" Jonas Schmidt sah uns fragend an. „Wie meinen Sie das?" Ich hatte mich zwischen Silke und Herrn Schmidt gesetzt und roch an seinem Hosenbein. Der Mann sah zu mir hinunter und lächelte. „Der sieht aus wie Sunny, nur in schwarz." „Der Hund von Herrn Gerke ist derzeit bei mir in Pflege, bis geklärt ist, was mit ihm geschehen beziehungsweise, wo er unterkommen kann." Jonas Schmidt sah Silke an. „Michael hat sehr an Sunny gehangen. Er hat ihn nach der Trennung von seiner letzten Freundin bekommen, das ist nun fast sechs Jahre her. Ich kenne... kannte Michael seit der Schule, wir haben zusammen die Ausbildung zum Schlosser gemacht. Er ist dann dortgeblieben und ich habe danach Maschinenbau studiert. Michael war mein bester Freund... ich kann es noch immer nicht glauben." Marc räusperte sich leise. „Herr Schmidt... hatte Michael Feinde?" Der junge Mann sah den Kommissar erstaunt an. „Michael? Nein! Er hat immer allen geholfen und man konnte nicht einmal richtig mit ihm streiten." Tränen sammelten sich in seinen Augen. „Es tut mir leid, dass Sie Ihren Freund verloren haben." Silke sprach mitfühlend mit ihm. „Falls wir noch Fragen haben, werden wir uns noch einmal bei Ihnen melden." Marc war ganz Kommissar und gab Jonas Schmidt zu verstehen, dass er sich zur Verfügung halten solle. Dann gingen wir.

„Was hälst du von ihm?", fragte Marc Silke am Wagen. „Ich glaube ihm, der Tod von seinem Freund nimmt ihn mit. Er hatte auch rote Augen, er muss ziemlich geweint haben." „Und was meint Siley?" „Siley fand ihn sympathisch, keinerlei Anzeichen dafür, dass er Jonas Schmidt mit der Tat in Verbindung bringt." „Wir haben noch zwei Freunde von Gerke auf der Liste. Folgt mir einfach wieder." Wir fuhren durch Augustfehn und Marc bog in eine Neubausiedlung ein, wo wir an einer schicken neuen Doppelhaushälfte anhielten. Vor dem Haus standen zwei Autos, ein großer Kombi und ein

Cabriolet. Silke holte mich aus dem Kofferraum und wir stellten uns hinter Marc Rohloff, der die Klingel drückte. Die Tür wurde von einer jungen Frau geöffnet, die hochschwanger war. Sie sah uns freundlich an. „Endlich sind Sie da. Kommen Sie rein, der Wasserschaden ist im Gäste-WC." Marc schaute Silke an und dann wieder die junge Frau. „Entschuldigung. Wir sind von der Polizei." Die Frau ließ die Schultern hängen. „Oh... dann kommen Sie nicht von der Hausverwaltung. Ich vermute, es geht um den furchtbaren Tod von Michael." Marc nickte und wir gingen in den Eingangsflur des Hauses. „Ist Lukas Ahlers zu Hause?" „Mein Mann ist oben, er bereitet das Kinderzimmer vor." Frau Ahlers hielt die Hand an ihren Bauch und lächelte glücklich. „Luuukas!", rief sie nach oben. „Ja?" ertönte es von oben. „Komm bitte mal. Die Polizei ist hier. Wegen Michael." Wir hörten Schritte von oben und sahen dann einen Mann im Arbeitsoverall die Treppe hinunterkommen. „Moin.", er wischte sich die Hände am Overall ab und streckte sie uns zur Begrüßung entgegen, „Ahlers.", stellte er sich vor. Marc stellte sich und uns vor. „Wir würden gern mehr von Michael Gerke wissen, damit wir den Mord an ihm aufklären können." Frau Ahlers zuckte bei dem Wort Mord kurz zusammen und ihr Mann Lukas legte den Arm um ihre

Schulter. „Wir haben von Michaels Tod aus der Zeitung erfahren. „Was genau ist denn passiert mit Michael?" Ich spürte, dass Marc sich innerlich anspannte. „Herr Gerke wurde wie bei einer Hinrichtung ermordet.", er ließ seine Worte sacken, bevor er weitersprach, „Nun versuchen wir das Puzzle zusammenzusetzen und benötigen dabei die Hilfe seiner Familie und Freunde." Lukas Ahlers sah erst Marc, dann Silke und zum Schluss mich an. „Lukas war mit Michael befreundet, aber seitdem wir schwanger sind, haben die beiden sich nur noch selten gesehen." Lukas Ahlers sah seine Frau an und nickte. „Ich war letzte Woche mal kurz zum Zocken bei ihm, aber ansonsten waren wir beide", er blickte seine Frau an, „mit unserem Umzug und der Einrichtung des Kinderzimmers beschäftig." „Hatte Herr Gerke Feinde?" Der werdende Vater verneinte, „Nicht, dass ich wüsste. Aber wie gesagt, wie hatten nicht mehr so viel Kontakt wie früher." Ich starrte Herrn Ahlers an, der meinem Blick auswich. Silke bemerkte dies. „Dann wollen wir Sie nicht länger aufhalten. Was wird es denn?" „Ein Mädchen.", strahlte Frau Ahlers Silke an. Ihr Mann Lukas blieb am Treppengeländer stehen, als seine Frau uns zur Tür brachte. Marc sah sich auf dem Weg zum Wagen unauffällig noch einmal um. „Sie tuscheln nun..." „Siley mochte den Ahlers nicht. Er hat ihn fixiert.", flüsterte Silke Marc zu. „Ich hoffe, dass die Verbindungsnachweise von Michael Gerkes Telefonen bald da sind, dann wollen wir doch mal sehen, ob die beiden wirklich so wenig Kontakt hatten, wie Lukas Ahlers gesagt hat. Er konnte uns nicht einmal in die Augen sehen. Das war mir doch verdächtig, wie er sich verhalten hat."

5

Ich saß im Kofferraum und suchte Silkes Blick im Rückspiegel. „Was denkst du? Die Frau war sehr freundlich, aber ihr Mann hat dir nicht gefallen, oder?" Mir hatte Lukas Ahlers Geruch nicht gefallen und ich bellte kurz als Zustimmung. Der Wagen vor uns bremste scharf und Silke rief mir zu, „Festhalten!" Marc Rohloff, der vor uns im Wagen saß, riss die Fahrertür auf und rannte zu uns. Silke hatte die Scheibe heruntergelassen und sah ihn fragend an. „Was ist los?" „Ich habe gerade einen Anruf erhalten. Wir müssen nach Roggenmoor!" Silke schüttelte fragend den Kopf, „Aber...", begann sie, doch Marc unterbrach Silke. „Fahr mir nach." Dann sprang er wieder ins seinen Wagen und fuhr mit quietschenden Reifen los und legte an einem Bushaltestreifen eine rasante Wendung hin, damit er in Richtung Roggenmoor fahren konnte. Silke drehte ebenfalls, doch etwas langsamer, da ich im Kofferraum sonst durchgeschüttelt worden wäre, dann gab sie Gas, dass ich nach hinten gedrückt wurde und folgte Marc.

Auf dem kleinen Parkplatz am See in Roggenmoor wimmelte es von Polizeifahrzeugen und Silke stellte unseren Wagen am Straßenrand ab. Marc kam zu uns. „Nimm Siley mit." Ich sprang aus dem Auto und wurde von Silke angeleint. „Nun sag schon, was ist hier los?" Marc blieb stehen und hielt Silke an beiden Armen fest. „Es wurde ein weiterer Mann in einem Baum gefunden." Silke hielt die Luft an. Ich zog an der Leine, da ich in den kleinen Wald wollte. Marc verstand und lief los, dabei hielt er Silke am Arm und berichtete, was ihm mitgeteilt worden war. „Spaziergänger haben einen jungen Mann gefunden. Er hing wie Michael Gerke aufgehängt in einem Baum. Sie haben sofort die Polizei gerufen und dann den Mann aus dem Baum befreit. Er lebt." Silke gab ein erleichterndes Pusten von sich.

Am Tatort, der nur wenige Bäume von dem entfernt war, wo Michael Gerke tot von uns aufgefunden wurde, wurde ein junger Mann von Rettungskräften versorgt. Er hatte eine Decke um die Schultern gelegt und ein Arzt versorgte eine Wunde an seinem Kopf. Als er mich sah, lächelte er. Marc schob mich zu ihm hin und der junge Mann hielt mir seine Hand entgegen, damit ich daran schnuppern konnte, bevor er mich streichelte. „Ich werde mir auch einen Hund zulegen." „Moin. Mein Name ist Rohloff und ich bin der ermittelnde Kommissar.", grüßte Marc Rohloff den Mann, „Wie geht es Ihnen?" „Bis auf den Schrecken, als ich im Baum wach wurde, geht es mir gut." Der Mann sah

Marc an freundlich an. „Carsten Budde.", er reichte Marc die Hand. „Können Sie mir sagen, wie Sie in den Baum gekommen sind?" Carsten Budde schüttelte den Kopf, „Nein, ich war joggen, das mache ich immer morgens um fünf Uhr vor der Arbeit, als mich plötzlich ein Schlag am Kopf traf. Danach kann ich mich an nichts mehr erinnern. Ich wurde erst wach, als mich die netten Leute...", er zeigte auf die Spaziergänger, die mit einem anderen Polizisten sprachen, „... mich aus dem Baum befreiten." Marc Rohloff legte ihm die Hand auf die Schulter nickte ihm freundlich zu. Herr Budde lächelte mich wieder an und schaute dann zu Silke auf. „Sie haben einen hübschen Hund." Silke strahlte und strich mir über den Kopf. „Ich hoffe, Sie kommen bald über den Schrecken weg.", sprach sie dem Mann Mut zu. „Mein Freund... Michael Gerke...", Herrn Budde versagte die Stimme für einen kurzen Moment, „Er ist doch hier ermordet worden... Wollte man mich auch töten?" Carsten Budde sah uns mit großen Augen an. „Wir haben noch nicht genug an Informationen..." Marc Rohloff versuchte Herrn Budde die Sorge zu nehmen, „Sie werden erstmal in ein Krankenhaus gebracht und Sie bekommen Polizeischutz." Ich legte meinen Kopf auf das Bein von Herrn Budde und sah ihn an. „In Ordnung.", er hatte sich etwas gefasst und war ruhig geworden. „Dann denken Sie auch, dass es der gleiche Täter sein muss, der auch meinen Freund Michael mehr oder minder hingerichtet hat, der es nun auf mich abgesehen hat." Der Arzt gab Marc ein Zeichen, dass man Carsten Budde nun mitnehmen wollte. „Sie können später, wenn wir den Patienten genauer untersucht haben, wieder mit ihm reden. Er hat eine Gehirnerschütterung." Marc Rohloff drückte Carsten Budde erneut die Schulter und nickte ihm zu, „Sie sind nun in Sicherheit. Ich komme später im Krankenhaus vorbei." Herr Budde streichelte mich noch einmal und lächelte Silke an.

Marc hatte mit den Spaziergängern gesprochen, während Silke und ich um den Baum herumgingen, an dem Herr Budde gehangen hatte. Ich drückte meine Nase fest an den Boden und sog jede noch so kleine Geruchsspur in mich auf. An einer Stelle blieb ich stehen, da mir eine Duftnote bekannt vorkam. Silke sah auf mich hinunter, „Du hast eine Spur.", stellte sie fest. Ich wedelte mit der Rute und folgte der Spur, die sich dann im Wasser verlief. Silke blickte über den kleinen See. Ich zog wieder an der Leine, damit Silke mir folgte. Meine Nase führte mich zum dem Baum, wo wir den toten Gerke gefunden hatten. Ich wusste, dass ich den Geruch hier schon erschnüffelt hatte. Inzwischen war er sehr schwach geworden, aber er war für mich noch deutlich zu riechen. Meine Nackenhaare stellten sich auf und ich bellte und knurrte. „Hat Siley etwas gefunden?" Marc war hinter uns getreten. „Er hat etwas gerochen. Die Spur ist im Wasser verlaufen. Aber dann hat Siley mich hierhergezogen, wo er sich an den Duft erinnert hat. Es muss der gleiche Täter sein." Silke sah Marc erschrocken an. „Ihr müsst dieses kleine schöne Naturschutzgebiet sperren.", meinte sie. Marc sah zu den Streifenbeamten. „Ich werde Streifen hier abstellen, sicher ist sicher." „Was haben die Spaziergänger denn gesagt?", fragte Silke neugierig und auch ich setzte mich und sah Marc gespannt an. „Sie sind heute in der Früh zu einem Spaziergang aufgebrochen und haben dann noch einen Schlenker durch das Naturschutzgebiet Roggenmoor machen wollen. Sie sind von da vorn in das Gebiet gekommen und wollten dann über Augustfehn II wieder nach Hause. Die Frau hatte Carsten Budde als erste nach Hilfe rufen gehört. Ihr Mann meinte, er habe vorher jemanden weggehen sehen, ist sich aber nicht ganz sicher, da es noch sehr früh war und das Licht recht schummrig. Die beiden sind dann den Hilferufen gefolgt und haben Herrn Budde befreit." Ich war bei der Information, dass es sehr früh passiert war, hellhörig geworden und zappelte an der Leine herum. Ich erinnerte mich daran, dass Lucky ganz früh am Morgen in den Hof gerannt und geheult hatte. Sollte dies der Zeitpunkt des Überfalls auf Carsten Budde gewesen sein?

Nachdem der Krankenwagen abgefahren war, fuhren auch wir wieder nach Hause. Marc blieb noch dort, er wollte sich später, wenn er im Krankenhaus noch einmal mit dem Opfer gesprochen hatte, bei Silke melden. Ich rannte zu Hause direkt ins Haus, um Lucky zu suchen. Er lag bei Rainer im Arbeitszimmer und schlief. Rainer sah mich reinrennen und lachte, „Langsam, bremsen." Ich stoppte bei Lucky, der sich erschrak und mich verwirrt anschaute. Als er mich erkannte, wedelte er erfreut mit der Rute und drückte seinen Kopf an meine Brust. Ich leckte ihm die Nase und fragte mich, ob er wirklich den Angriff auf den Carsten Busse gespürt hatte. Silke kam herein und gab Rainer einen Kuss auf die Wange. „Wo wart Ihr denn so lange?" Rainer sah Silke an. „Lass uns einen Tee trinken, dann berichte ich Dir." Die beiden gingen in die Küche und setzten sich an den großen Esstisch, nachdem Rainer Tee gekocht hatte. Silke erzählte Rainer von dem zweiten Opfer Carsten Budde. Rainer riss die Augen auf, „Was sagt Marc dazu? Serientäter?" Silke zuckte die

Schultern. „Er weiß es noch nicht. Marc will nachher noch vorbeikommen." Rainer nahm Silkes Hand und blickte ihr in die Augen. „Machst du dir Gedanken?" „Warum?" „Naja..., weil du mit Siley doch des Öfteren durch den Wald gehst." Silke sah zu mir. „Darüber habe ich noch gar nicht nachgedacht..." Ich stand auf und legte meine Pfote auf Silkes Bein. „Wir gehen demnächst woanders laufen, oder?" Ich bellte als Zustimmung, da ich nicht wollte, dass meine Silke in einem Baum hängen würde.

Den Rest des Tages verbachte Silke im Stall und mistete die Boxen der Schafdamen aus. Ich hatte mich mit Lucky auf die Moorkoppel begeben und tobte mit ihm herum. Im Anschluss machte ich meine Runde um die Weide, da ich mich für unsere Schafe verantwortlich fühle und, obwohl ich ein Labrador bin, auf sie aufpasse. Lissy lief auf meiner Runde neben mir her und tat, als wäre auch sie ein Hund. Als die Sonne sich zum Untergang bereit machte, rief Silke die Schafe und ich rannte bellend um sie herum, bis sie im Stall waren. Lucky hatte sich in den Hof gelegt und sah mir interessiert zu. Silke lobte mich, als unsere sieben Auen in ihren Boxen standen. „Du machst einen prima Job." Mit heraushängender Zunge hechelte ich nach der Rennerei und ließ mir den Kopf kraulen. Lucky kam, nachdem die Schafe in ihrer großen Box standen, zu uns in den Stall. „Na... willst du auch ein Lob bekommen? Dafür musst du Siley aber nächstes Mal helfen." Silke lachte und nahm seinen Kopf in beide Hände, um ihm einen Kuss auf die Stirn zu geben. „Kommt Jungs, wir gehen ins Haus." Lucky und ich folgten Silke in der Hoffnung, dass wir ein feines Kekschen von ihr bekommen würden, das sie uns dann in der Tat auch gab.

Marc Rohloff kam am späten Abend, wie versprochen, zu uns. Ich rannte als erster zum Tor, um ihn zu begrüßen. Rainer hatte das Tor mit dem elektrischen Öffner aufschwingen lassen und Marc betrat mit beschwingtem Schritt den Hof. „Silke wartet schon ungeduldig in der Küche.", begrüßte Rainer den befreundeten Kommissar. „Ich war fleißig und habe einiges an Informationen mitgebracht." Silke erwartete uns an der Tennentür, „Ich dachte schon, Du hättest uns vergessen.", scherzte sie. Sie ging voran ins Wohnzimmer und ich sprang zu ihr auf das Sofa. Lucky legte sich zu Rainers Füßen und sah Marc neugierig an. „Erzähl.", forderte Silke Marc auf, während sie die Hand auf meinen Rücken legte. „Ich habe das neueste Opfer, Carsten Budde, im Krankenhaus nochmal in Ruhe befragt. Er war mit Michael Gerke befreundet. In der Hektik hatte ich den Namen nicht direkt zuordnen können, aber er stand auf meinem Zettel, auf dem ich die Freunde von Gerke notiert hatte." Er sah in die Runde und freute sich, wie seine Nachricht für Überraschung sorgte. „Zwei Freunde, die kurz hintereinander auf die gleiche Weise überfallen wurden? Das ist aber doch ein seltsamer Zufall." „Ganz genau. Daher gehe ich davon aus, dass es sich nicht um zufällige Taten handelt." Rainer gab ein grummelndes Geräusch von sich, „Aber, wenn man der Nachbarin von Gerke Glauben schenken darf, dann waren die Freunde doch anständige junge Männer. Warum also sollte jemand so etwas tun?" „Das gilt es zu klären. Aber... ich habe ferner die Gesprächsnachweise von Michael Gerkes Telefonen bekommen. Ihr glaubt nicht, mit wem er an den letzten Tagen vor seinem Tod mehrfach telefoniert hat." Marc sah triumphierend erst Silke und dann Rainer an. „Mit dem Weihnachtsmann?", Silke verdrehte die Augen, „Nun sag schon!" „Mit Lukas Ahlers." „Moment... aber er sagte doch, dass er seit längerem nichts mehr von seinem Freund Michael gehört hatte." Silke runzelte die Stirn. „Ich will Vormittag noch einmal zu Herrn Ahlers fahren. Begleitest du mich wieder?" Silke nickte, „Sehr gern. Ich bin gespannt, was er dazu zu sagen hat."

Rainer hatte eine Weile geschwiegen, doch dann begann er langsam und nachdenklich zu reden. „Du sagtest, du habest noch weitere Namen von Freunden auf deiner Liste... Sollten diese nicht Polizeischutz bekommen?" Marc schüttelte den Kopf. „Bisher haben wir noch keine konkreten Anhaltspunkte, dass man es auf die Clique abgesehen hat. Es kann sich trotz allem noch um einen Zufall handeln, dass erst der Gerke und nun der Budde angegriffen wurde." Silke war aufgestanden und hatte Wasser geholt. „Hatte Michael Gerke denn noch viele enge Freunde?" „Zu den engen Freunden gehören Jonas Schmidt, Lukas Ahlers und Carsten Budde. Sie kennen sich alle seit der Grundschule hat Gerke Senior mir gesagt." Mein sechster Sinn meldete sich, während die Menschen sich unterhielten, doch konnte ich noch nicht genau sagen, was er mir sagen wollte und als Marc gegangen war, lag ich noch lange wach neben Lucky und ließ mir alle bisherigen Fakten durch den Kopf gehen.

Die halbe Nacht hatte ich wach gelegen und nachgedacht. In der Morgendämmerung war ich dann eingedöst und hatte Mühe, wach zu werden, als Rainer, Silke und Lucky am nächsten Tag ausgeschlafen um mich herumliefen. „Geht es dir nicht gut?", fragte Silke mich besorgt und legte sich zu mir in mein großes Hundebett. Ich wedelte halbherzig mit der Rute und wäre am liebsten genauso mit Silke liegengeblieben. Ihre Nähe gab mir dann die nötige Energie, um auch endlich aufzustehen. Rainer belohnte mich dafür mit einem leckeren Frühstück in Form von Nassfutter mit Streifen von geräuchertem Lachs.

Nach dem leckeren Frühstück ging ich mit Lucky nach draußen und sah ihm zu, wie er über den Hof rannte und Blätter jagte. Von meinem Platz neben der Tennentür aus ließ ich mir die Sonne auf das Fell scheinen. Silke kam an mir vorbei, sie war auf dem Weg in den Stall. Als sie mich da liegen sah, stoppte sie und kam zu mir. Sie hockte sich neben mich und nahm meinen Kopf in beide Hände. „Was ist denn los mit dir, mein kleiner Liebling?" Ich sah ihr in die Augen und mir wurde warm ums Herz. „Muss ich mit dir zum Tierarzt?" Ihre Stimme war voller Sorge. Rainer war hinter Silke aufgetaucht und sie drehte sich zu ihm. „Siley gefällt mir gar nicht..." Die beiden sahen wieder zu mir und auch Lucky kam angelaufen, als er Rainer bei Silke und mir stehen sah. „Fahr doch schnell zum Tierarzt." Ich stand auf und schüttelte mich einmal komplett durch, denn ich wollte auf keinen Fall zum Tierarzt, obwohl ich meinen Arzt gut leiden kann. Alles, was ich wollte, war etwas schlafen. Lucky forderte mich zum Spielen auf, als ich nun stand, aber genau das wollte ich nicht. Es war schon schön, dass er da war, doch bedeutete das für mich eine große Umstellung, da ich mit Luckys Anwesenheit nicht mehr so viel Ruhe hatte. „Lass Siley mal in Ruhe.", sagte Silke zu ihm, „Ich glaube, er möchte heute einfach mal seine Ruhe haben, schließlich ist mein Schatz schon im fortgeschrittenen Alter." Lucky setzte sich ab und blickte mich mit schief gelegtem Kopf an. Silke umarmte mich und ich war dankbar, dass sie mich verstand. Lucky kam langsam auf mich zu und drückte seinen Kopf an meinen. „Komm, Siley, geh doch rein und leg dich in mein Bett." Ich wedelte mit der Rute und folgte Silke glücklich ins Haus. In Silkes Bett zu schlafen, das war genau das, was ich nun brauchen konnte. Mit einem großen Sprung hüpfte ich auf Silkes Bett und kuschelte mich in die Decke. „Du brauchst nur einmal Ruhe, stimmt´s?" Sie legte sich so neben mich, dass unsere Köpfe nebeneinander lagen. Es war wunderbar, Silkes Haar zu riechen und in ihre braunen Augen zu schauen, die mich voller Liebe ansahen.

Ich schlief den ganzen Vormittag und wurde von Silke gegen Mittag geweckt. Sie hatte sich, nachdem ich eingeschlafen war, leise aus dem Schlafzimmer geschlichen und war ihrer Verpflichtungen auf dem Hof nachgegangen. Sie hatte sich neben das Bett gehockt und ich legte meinen Kopf in ihre Armbeuge. „Hast du dich etwas erholt?", sie flüsterte mir leise ins Ohr. Es kitzelte und ich zuckte mit dem Ohr. Sanft strich Silke mit ihrem Gesicht über meins und ich begann vor Genuss zu knuttern. Langsam wurde ich wach und begann, mich auf dem Bett zu drehen und zu wälzen. Silke lachte und kratzte mir den Bauch. „Du bist in letzter Zeit etwas zu kurz gekommen, glaube ich. Das war keine Absicht, ich werde darauf achten, dass du genug Zeit mit mir allein bekommst. Versprochen!" Ich rollte mich zur Seite und rutschte auf dem Bett. Silke gab acht, dass ich nicht hinfiel. „Die anderen warten in der Küche auf uns. Da habe ich auch etwas ganz Feines für dich." Neugierig und voller Energie nach dem langen Vormittagsschlaf folgte ich Silke in die Küche. Dort saß Marc Rohloff am Tisch und hielt einen Becher Kaffee in der Hand. „Da ist ja die Spürnase.", begrüßte er mich und lächelte mich an. Silke reichte mir ein getrocknetes Schweineohr. „Hier, mein Engelchen, das lass dir schmecken." Lucky sah zu Rainer, der den Kopf schüttelte. „Du hattest vorhin einen Apfel, das Ohr ist für Siley, gönn es ihm." Ich knabberte das Schweineohr auf meinem Strubbelteppich und lauschte dabei dem Gespräch am Tisch. „Wie gesagt, ich will gleich Lukas Ahlers mit den Gesprächsnachweisen konfrontieren.", sprach Marc. „Lass Siley noch in Ruhe sein Ohr verspeisen, dann begleiten wir dich." Marc nickte, „Unbedingt."

Erneut fuhren Silke und ich hinter Marc her. Dies wurde in letzter Zeit fast schon zur täglichen Routine. Die hochschwangere Frau von Lukas Ahlers öffnete uns die Tür und lächelte uns freundlich an. „Moin, Sie wollen sicher wieder zu meinem Mann." Marc bejahte und gleich drauf trat Lukas Ahlers zur Tür. „Ja bitte?" „Herr Ahlers, wir haben noch eine Frage." Der junge Mann sah uns an und ich merkte, dass er nicht erfreut war. „Was denn?", er klang feindselig. Marc zog aus seiner Tasche den Verbindungsnachweis, der belegte, dass Lukas Ahlers mit Michael Gerke entgegen seiner letzten Aussage doch Kontakt gehabt hatte. „Können Sie mir das erklären? Sie hatten täglich mehrfach mit Michael Gerke Kontakt vor dessen Tod." Frau Ahlers sah ihren Mann erstaunt an. „Du hast doch jeden Tag wegen des Rasenmähers mit ihm telefoniert.", sie sprach in vorwurfsvollem Ton mit ihm. Lukas Ahlers sah betreten zu Boden. Von der Feindseligkeit war nichts mehr zu spüren, im Gegenteil, ich bemerkte Traurigkeit bei ihm. „Wissen Sie... Ich war geschockt vom Tod von Michael und das letzte Mal, als wir gesprochen haben, haben wir uns gestritten. Wenn ich das gesagt hätte, dann wäre ich doch gleich unter Verdacht geraten." Silke sah zu Frau Ahlers, die nach der Hand von ihrem Mann griff. „Herr Ahlers, Sie hätten ehrlich zu mir sein müssen. Nun sieht das nicht gut aus für Sie." Marc sah mit ernstem Gesicht Herrn Ahlers an. „Wir haben uns wegen seines Rasenmähers gestritten. Ich hatte mir diesen ausgeliehen und immer wieder vergessen, ihn Michael zurückzugeben. Der Mäher steht noch immer in unserem Schuppen." Lukas Ahlers traten Tränen in die Augen. „Das letzte Mal, als ich mit ihm gesprochen habe, haben wir im Streit den Hörer aufgeschmissen. Nun ist Michael tot und ich kann mich nicht mehr mit ihm vertragen. Dabei kannten wir uns seit dem Kindergarten." Frau Ahlers legte den Arm um seine Taille. „Herr Ahlers, nach so einer langen Freundschaft muss das hart sein, aber ich bin überzeugt, dass Michael Ihnen verziehen haben wird. Bewahren Sie die schönen Erinnerungen." Lukas Ahlers sah Silke an, „Danke. Michael sollte der Taufpate unseres Kindes werden. Er fehlt mir wirklich sehr." Marc reichte Lukas Ahlers die Hand, „Es tut mir leid für Sie. Frau Lüttmann hat Recht, erinnern Sie sich an die schönen Augenblicke mit ihm." Ich stellte mich so, dass ich kurz den jungen Mann kurz anstupsen konnte. Er war dieses Mal ehrlich gewesen, das war deutlich für mich.

Am Wagen standen Silke und Marc betroffen auf der Straße. „Das war unschön.", meinte Marc. „Glaubst du ihm?" „Ja, ich denke schon." „Siley war heute entspannter in der Gegenwart von Lukas Ahlers, daher denke, dass er wirklich nicht gelogen hat." Die beiden trennten sich und wir fuhren wieder nach Hause, während Marc ins Präsidium fuhr. Rainer erwartete uns schon und sah erschüttert aus, als Silke ihm berichtete.

„Meinst du, dass der Ahlers dieses Mal die Wahrheit gesagt hat?" Rainer rieb sich fragend das Kinn mit der Hand. „Ja, Siley war ihm dieses Mal wohlgesonnen. Außerdem hat er immer wieder auf den Bauch seiner Frau geschaut. Es war ihm deutlich anzusehen, dass ihm seine Lüge beim ersten Besuch unangenehm gewesen ist. Und das nur wegen eines Rasenmähers. Lukas Ahlers muss nun erstmal verdauen, dass der letzte Kontakt mit seinem Freund Michael Gerke der Streit um diesen Rasenmäher war." „Das muss schlimm sein, wenn man sich nicht wieder vertragen kann...", Rainer sah Silke an, „So etwas darf uns beiden niemals passieren." Silke nahm Rainers Hände, „Wir hatten schon einige Differenzen und jedes Mal war das schon ein blödes Gefühl. Ich bin ganz bei dir, dass wir nicht im Streit auseinandergehen sollten."

Lucky und ich stromerten nachmittags über den Hof, während Rainer im kleinen Arbeitszimmer an seinem

Laptop arbeitete und Silke sich um den Haushalt kümmerte. Mein neuer Bruder wich mir keinen Schritt von der Seite und sah mich immer wieder lange an. Irgendwann nervte mich dieses und ich knurrte ihn kurz an, doch Lucky machte weiter, daher wollte ich ihn loswerden und drehte mich um. Lucky folgte mir und lief mit mir weiter. Erneut knurrte ich ihn an und schnappte dazu in die Luft, um ihm deutlich zu machen, dass es mir reichte. Lucky sprang erschrocken zur Seite, fing sich aber schnell wieder und starrte mich weiter an. Abrupt blieb ich stehen und starrte nun zurück. Lucky baute sich vor mir auf und dann ging es plötzlich ganz schnell. Er schnappte nach mir, verfehlte mich jedoch, und ich ging auf ihn los. Wir wälzten uns am Boden und kämpften miteinander.

„AUUUS!", rief Silke und griff nach mir. „Halt du deinen Hund fest!", wies sie Rainer an, der nun versuchte, Lucky zu packen. Silke zog mich weg und hielt mich fest. „Spinnt Ihr?", herrschte sie erst mich und dann Lucky an. Silke sah sauer aus. Rainer zog Lucky ins Haus und sperrte ihn in das Arbeitszimmer. Reumütig sah ich Silke an, die sich vor mich kniete. „Du streitest doch sonst nicht, was ist los mit dir?" Ich sah auf den Boden und wollte dabei nur mit Silke kuscheln. „Siley, ich dachte, die anfängliche Eifersucht wäre vorbei." Ich wedelte mit dem Schwanz und legte mich auf den Rücken. „Ich möchte das hier nicht noch einmal erleben, ok?!" Silke kraulte mir den Bauch und begann zu lächeln. Rainer kam wieder aus dem Haus, ohne Lucky, und fragte Silke, „Die beiden haben sich doch so gut verstanden. Wie konnte das passieren?" „Lucky hat noch nicht ganz seinen Platz gefunden in unserem Rudel, daher wird er sicher noch öfter versuchen, einen Platz über Siley zu erlangen. Mein Bube lässt sich viel gefallen, aber eben nicht alles." Silke zuckte bei ihren Worten mit den Schultern. „Ich werde mich mehr um Lucky kümmern." Rainer sah Silke an. „Siley ist mein Hund, Lucky hat sich dir mehr angeschlossen, daher ist das ein guter Plan, dann kommt keiner zu kurz." Ich hatte mich aufgesetzt und an Silke gelehnt. „Ihr beiden seid so toll miteinander. Ich hoffe, Lucky wird auch mal so wie Siley sein." „Das war ein harter und langer Weg.", lachte Silke, „Aber es stimmt... Es hat sich gelohnt." Sie sah mich liebevoll an und gab mir einen Klaps auf den Po. Als Lucky wieder aus dem Arbeitszimmer gelassen wurde, kam er bei mir an und beschwichtigte mich, indem er mir die Lefzen leckte. Ich mochte den Burschen ja, daher verzieh ich ihm und wir legten uns gemeinsam in mein großes Hundebett. Rainer sah zufrieden aus und machte ein Foto von uns beiden im Hundebett.

Es zog ein Sturm auf. Silke war am späten Nachmittag besorgt über den Hof gelaufen und hatte immer wieder in den Himmel geschaut, der sich dunkel zuzog. Plötzlich gab ihr Smartphone ein grässliches Geräusch von sich. Ich zuckte zusammen und hätte mich am liebsten verkrochen. Lucky sah sich hektisch um und drängte sich panisch an mich. Silke schnappte sich ihr Handy und machte den Ton aus. „Unwetterwarnung.", sagte sie, „Es soll Unmengen an Regen geben und dazu noch Sturm aufkommen." Sie sah Rainer an, der nun auch diesen Ton auf seinem Handy hatte. „Lass uns schauen, was wir sichern müssen." Die beiden zogen sich Jacken an und gingen nach draußen. Lucky sah aus dem Fenster, wo sich die Bäume bereits durch die ersten Ausläufer des Sturmes stark bewegten. Mir machte das nichts aus, er schien jedoch Angst zu haben. Ich zögerte kurz, doch ich wollte mit Silke nach draußen gehen und so leckte ich Lucky über die Lefzen und ermunterte ihn, mit uns rauszugehen. Er folgte uns langsam, blieb jedoch in der Tennentür stehen, von wo aus er den Hof überblicken konnte.

Rainer hatte das Gatter der Südkoppel geöffnet, auf der Silke bereits die

Schafe zusammentrieb. Ich rannte zu ihr und unterstützte sie dabei. Mit leisen Rufen führte Silke unsere Damen zum Stall, wo Rainer ihnen Raufutter und getrocknete Kräuter in die Boxen gelegt hatte. Lissy und die anderen sechs Auen waren unruhig, sie spürten das Herannahen des Sturmes, doch in ihren Boxen kamen sie wieder zur Ruhe. Im Anschluss lief Silke wieder zum Unterstand und sicherte die Wassertröge und Rainer schlug noch ein paar Nägel in die Bretter, die nicht mehr ganz fest waren. „Das sollte reichen.", meinte er. „Danke, dass du das alles machst.", Silke sah ihn liebevoll an. Er legte den Arm um sie und so gingen wir wieder zurück auf den Hof, wo Lucky sich neben sie Stalltür gelegt hatte, um uns besser sehen zu können.

„Wer ist das denn?", Rainer sah mit zusammengekniffenen Augen zum Tor, an dem ein Mann stand und den Arm zum Gruß gehoben hatte. Er sagte etwas, doch der Wind hatte nun so stark zugenommen, dass man ihn bei dem Blätterrauschen der großen Eichen nicht verstehen konnte. „Das ist der Vater von Michael Gerke." Silke sah Rainer erstaunt an. „Was will er denn hier?" Rainer ging auf Gerke Senior zu und sprach kurz über das Tor hinweg mit ihm. Dann öffnete er das Tor und ließ ihn ein. Silke ging den beiden entgegen und gab Herrn Gerke die

Hand. „Kommen Sie ins Haus." Die ersten dicken Regentropfen fielen auf uns herab. Wir liefen schnell in die Tenne, Silke und Rainer zogen ihre Gummistiefel und Jacken aus. Ich schnüffelte die Schuhe von Michaels Vater ab und wusste nicht genau, was ich von ihm halten sollte.

Wir gingen in die Küche, als mir auffiel, dass Lucky nicht da war. Ich bellte und lief hektisch zur Dielentür zurück. Rainer hatte sich um das Teewasser gekümmert und warf Silke einen Blick zu. Sie sah sich um, „Lucky! Wo ist Lucky?" Sie sprang von ihrem Stuhl auf und rannte mit mir auf die Tenne. Dort saß Lucky in einer Ecke und sah verstört aus. Ich näherte mich ihm vorsichtig, er hechelte stark und speichelte. Silke hockte sich vor ihn. „Bist du krank, mein Kleiner?" Sie streichelte ihm den Hals und hob dann seine Lefzen. „Du zitterst ja.", stellte sie fest, „Komm in die Wohnung." Lucky blieb in seiner Position sitzen und bewegte sich nicht. „Rainer!", rief Silke. „Ja?" ertönte es von der Tür. „Wir brauchen dich hier." Rainer kam auf Socken in die Tenne und als er Lucky zusammengekauert sitzen sah, schluckte er. „Er hat keine körperlichen Probleme.", beruhigte Silke ihn, „Der Sturm scheint ihm mehr Angst zu machen als gedacht." Gemeinsam schafften wir es, Lucky ins Haus zu locken. In der Küche erstarrte er wieder. Draußen war der Sturm nun in vollem Gange und der Regen prasselte laut an die Fenster.

Herr Gerke saß am Tisch und beobachtete uns. Sein Blick heftete an Lucky. „Dieser Hund war immer schon etwas komisch." Silke sah in finster an. „Inwiefern?", fragte Rainer ihn. „Michael wollte immer einen Hund haben, aber ich war dagegen. Meine Frau auch." Es entstand eine Stille im Raum, die nur vom Regen an den Scheiben unterbrochen wurde. Lucky sah Herrn Gerke an und plötzlich sträubten sich seine Nackenhaare. Ich versuchte noch, mich vor ihn zu stellen, doch Lucky machte einen Sprung auf den Mann an unserem Tisch zu. Dieser riss die Arme abwehrend hoch. Lucky stand vor ihm und knurrte ihn an. „Lucky! Aus." Rainer bemühte sich, Lucky von Herrn Gerke wegzuziehen, doch er geriet nur mehr in Rage. Silke sah zu mir, ich begriff sofort und drängte mich zwischen Lucky und unseren Gast, dabei drehte ich mich zu Lucky und zeigte die Zähne. Meine Drohgebärde zeigte Wirkung und Lucky ging langsam rückwärts, weg von Michael Gerkes Vater. „Gut gemacht.", lobte Silke mich und schenkte mir einen strahlenden Blick. Rainer packte Lucky, legte ihm sein Geschirr an und hielt ihn fest. „Der Hund mochte mich noch nie.", kommentierte Herr Gerke die

Situation. Silke drehte sich wortlos zur Küchenzeile um und goss das Teewasser auf.

Rainer saß Herrn Gerke gegenüber und hatte Lucky fest im Griff, der den Vater seines toten Herrchens fixierte. Immer wieder knurrte er, doch er blieb bei Rainer sitzen. Ich schlich mich unter dem Tisch näher an Herrn Gerke heran und roch erneut an seinen Schuhen. Silke sah dies und schüttelte den Kopf. Herr Gerke sah aus dem Fenster. „Ich werde nun besser gehen, bevor das Unwetter noch schlimmer wird." Er stand auf und wandte sich zur Tür. „Was war denn der Grund für ihren Besuch?", fragte Rainer. „Ach, ich wollte nur hören, ob Sie schon mehr über den Tod meines Sohnes herausbekommen haben." „Die Polizei ermittelt noch.", antwortete Silke. Herr Gerke nickte, „Ja, das hat Herr Rohloff mir auch gesagt. Ich würde nur gern einen Abschluss finden, verstehen Sie?" „Verständlich.", meinte Rainer, „Wir hoffen, dass Sie bald die Antwort auf die quälende Frage des Warums erhalten werden." „Danke." Herr Gerke wurde von Silke zum Tor gebracht, die daraufhin durchnässt wieder hereinkam. „Draußen schüttet es junge Hunde und Katzen." Sie schüttelte sich das nasse Haar und ich bekam ein paar Wassertropfen ab.

„Das muss schlimm sein, wenn das Kind vor einem Elternteil stirbt, in diesem Fall auch noch gewaltsam." Rainer streichelte Lucky, der neben ihm auf dem Sofa lag. „Mit Sicherheit.", pflichtete Silke ihm bei. „Lucky hat sich aber komisch benommen. Hoffentlich tut er das nun nicht bei jedem Gast. Das müssen wir im Auge behalten. Erst die Sache mit Siley und ihm und nun das noch." Silke sah besorgt aus. „Er schläft nun tief und fest.", lächelte Rainer. Ich hatte mich neben Silke gelegt und genoss ihre Streicheleinheiten, während draußen der Sturm ums Haus tobte, der aber keine großen Schäden bei uns anrichtete. Silke war immer wieder mit ihrem Südwester auf dem Kopf in den Stall gelaufen, um zu schauen, ob die Schafe ruhig waren, bis der Sturm spät in der Nacht nachließ und wir uns zur Ruhe begaben.

Rainer war am Morgen bereits sehr früh aufgestanden, um zu schauen, ob der Sturm Schäden auf unserem Hof angerichtet hatte. Lucky und ich begleiteten ihn auf seinem Rundgang. Silke lag noch im Bett und schlief, sie hatte in der Nacht lange wach gelegen, weil sie über Luckys Verhalten mir und auch dem Vater von Michael Gerke nachgedacht hatte. Mehrmals war sie zu mir und Lucky herübergekommen und hatte ihn nachdenklich angeschaut, dabei hatte sie mich liebevoll gestreichelt. Ich wusste, dass sie in Sorge um mich war, dass Lucky noch einmal auf mich losging.

Lucky rannte freudig neben Rainer her und bemühte sich, ihm zu gefallen. Ich trabte gemächlich hinter den beiden her, schnupperte hier und da an herumliegenden Ästen. Der Sturm hatte glücklicherweise keinen großen Schaden angerichtet, nur Blätter und Äste lagen überall verstreut herum. Rainer vergewisserte sich, dass der Unterstand der Schafe auf der Südkoppel intakt war und nachdem er die größten Äste von der Weide gesammelt hatte, marschierte er dann in Richtung Stall, um die Auen aus ihren Boxen zu lassen. Lissy blieb in der Boxengasse stehen und sah mich mit schief gelegtem Kopf an. Ich rieb meinen Kopf an ihrem und lief mit ihr zusammen auf den Weide, wo Lucky mit einem dicken Ast herumtollte. Wir sahen ihm kurz zu, bis Lissy sich mit einem leisen Blöken von mir entfernte, um am anderen Ende der Weide zu grasen.

Silke hatte das Frühstück vorbereitet und wir verschlangen gierig, was in unseren Näpfen war, während Rainer und Silke ihren Kaffee tranken und Toast aßen. „Ich fahre gleich mit Siley nochmal in das Wäldchen. Irgendwie muss ich nochmal dorthin, frag mich nicht, warum." Sie sah Rainer an und nahm noch einen Schluck vom Kaffee. „Ich frage nicht. Schaut Euch nochmal um, vielleicht findet Ihr ja doch noch was, obwohl der Sturm sicher kaum noch Spuren hinterlassen haben wird." Rainer drückte Silkes Hand und lächelte sie an. „Willst du Lucky auch mitnehmen?" „Nein, ich denke, es ist besser, wenn er bei dir bleibt." „Dann arbeite ich gleich im Gästezimmer und warte dann auf deine Rückkehr."

Aufgeregt ließ ich mir das Geschirr anziehen und sprang in unser Auto. Silke sah mich im Rückspiegel an und lachte. „Du bist wie ich, immer zu Abenteuern bereit." Mein Bellen erklang laut im Auto, das ich als Zustimmung gab. Während der Fahrt nach Roggenmoor stand ich im Auto und konnte es kaum erwarten, die beiden Tatorte nochmal unter die Nase zu nehmen. Kaum angekommen, sprang ich aus dem Kofferraum und wollte losrennen. „Warte!", rief Silke und ich blieb ungeduldig stehen. Sie leinte mich an. „Wir müssen zusammenbleiben.", ermahnte sie mich. Ich zog an der Leine und Silke ließ dies zu, da auch sie schnell vorankommen wollte. Zielstrebig lief ich zu dem Baum und setzte meine Nase auf den Boden. Silke sah sich genau um und suchte mit den Augen den Boden ab.

Ein Geräusch ließ mich aufhorchen. Mit aufgestellten Ohren blickte in das Gebüsch, woher das Knacken gekommen war. Es war nichts zu sehen, daher hielt ich die Nase hoch in die Luft. Ein leiser Geruch wehte zu mir, der mir bekannt vorkam, doch konnte ich ihn nicht zuordnen. Wieder knackte es, dieses Mal schien es von links zu kommen. Dieses Mal hatte Silke es auch gehört und sie sah sich um. „Was war das?", flüsterte sie mir zu. Ich rückte näher an Silke heran, da ich Gefahr spürte, die ich noch nicht orten konnte. Mit aufgestelltem Nackenhaar stand ich neben Silke, die angespannt war. Als sie die Leine fallen ließ, drehte ich mich abrupt um. Silke sackte zusammen und fiel zu Boden.

Die Person, die vor mir stand, war vollständig vermummt, dennoch erkannte ich, dass es sich um einen Mann handelte, dies erkannte ich an seinem Geruch. Er hatte Silke niedergeschlagen und versuchte nun, mich mit seinem Baseballschläger zu treffen, doch ich wich ihm aus. Der Mann sprach kein Wort, er starrte mich nur durch die kleinen Löcher in der Maske mit seinem hasserfüllten Blick an. Ich warf einen Blick auf Silke, die bewusstlos am Boden lag und wich erneut einem Schlag aus. Laut bellend rannte ich um einen Busch, um zu versuchen, ihn von Silke wegzubewegen. Mein Plan ging auf, der Mann rannte hinter mir her, doch meine Leine verfing sich an einem Ast und bremste mich aus. Der Angreifer kam näher und ich riss verzweifelt in der Leine, wand mich hin und her. Das Zerren am Geschirr verursachte mir Schmerzen und ich jaulte auf, riss dann aber weiter an der Leine, um freizukommen. Wieder holte er mit dem Schläger aus und als ich dachte, nun wäre es aus, da konnte ich mich befreien und rannte wieder los.

Nachdem wir uns etwas von Silke entfernt hatten, die weiterhin verletzt am Boden lag, drehte ich mich um und stellte mich zum Kampf bereit dem Mann entgegen. Ich knurrte voller Wut und bleckte die Zähne. Einen Moment zögerte mein Verfolger, diesen nutzte ich und sprang nach vorne. Ich versenkte meine Zähne in seinem Bein und behielt dabei den Baseballschläger im Auge. Der Mann gab einen Schmerzlaut von sich. Wieder sprang ich vor und packte nun seine Hand, in der er den Schläger hielt, der daraufhin zu Boden fiel. Die Leine hinderte mich daran, mich frei zu bewegen, immer wieder verhakte sie sich, dennoch ging ich immer wieder auf den Mann los. Dieser hatte sich den Schläger wieder gegriffen und schlug unkontrolliert um sich. Einer der Schläge traf mich an der rechten Schulter. Ich wurde von dem Schlag hart getroffen und fiel nach vorn. Der nächste Treffer erwischte mich auf dem Rücken und ich kämpfte dagegen an, um nicht ohnmächtig zu werden.

Das Klingeln von Silkes Handy ließ den Mann zusammenzucken, er sah sich hektisch um. Dies gab mir den notwendigen Moment, um wieder auf die Beine zu kommen. Mein rechter Vorderlauf tat höllisch weh und ich konnte kaum auftreten, doch ich mobilisierte alle meine Kräfte und biss den Mann erneut, dieses Mal in den Oberschenkel. Das Smartphone klingelte weiter, doch Silke bewegte sich noch immer nicht. Das wilde Herumschlagen mit dem Baseballschläger hatte unseren

Angreifer Kraft gekostet und er bekam den Schläger nicht mehr so hoch. Ich wollte zu Silke, doch ich musste dafür sorgen, dass der Mann von ihr fernblieb. Meine Sorge um Silke hatte mich kurz unaufmerksam werden lassen und ich kassierte einen dritten Schlag. Er traf mich am Kopf und, obwohl er nicht ansatzweise so kräftig war, wie die beiden anderen, setzte er mich kurz außer Gefecht. Mein Kopf dröhnte und ich fiel zu Boden. Schwer atmend versuchte ich mich zu fangen, mein Herz schlug mir bis zum Hals. Ich blinzelte mit den Augen und mein Sehvermögen erholte sich langsam.

Der Mann war nicht mehr bei mir, er war zurückgegangen zu Silke. Mühsam erhob ich mich und rannte los. Adrenalin schoss mir durch den Körper und ich vergaß meine Schmerzen, als ich sah, dass der vermummte Mann Silke packen wollte. Er versuchte, Silke hochzuziehen. Mit aller Macht rammte ich ihn von hinten und er fiel nach vorn. Silke rollte auf die Seite und murmelte etwas. Sie streckte kraftlos die Hand nach mir aus und hielt mein Geschirr fest. Ich verstand nicht, was sie wollte, und versuchte, mich aus dem Griff zu winden. „Halt... still", gab Silke mir fast unverständlich zu verstehen und löste die Leine von meinem Geschirr. Befreit von der Leine nahm ich meinen Kampf gegen den Angreifer wieder auf und konnte nun von allen Seiten auf ihn losgehen.

Silke berappelte sich langsam wieder und tastete nach einem Ast, der neben ihr lag. Auf allen vieren robbte sie heran und mühte sich dann auf die Beine. Sie sah, dass der Mann mit seinem Schläger wieder auf mich eindreschen wollte. Ich konnte sehen, dass Silke sich kaum auf den Beinen halten konnte, doch sie war wieder bei vollem Bewusstsein und schlug zu. Sie traf den Mann am Rücken. „Wage es nicht, meinen Hund zu schlagen!", schrie sie. Der Fremde stolperte, sah dann auf mich und zu Silke. Man sah ihm an, dass er unsicher wurde. Silke fuchtelte mit dem Ast vor seinem Gesicht herum. „WEG VON MEINEM HUND!", drohte sie. Der Mann verkrampfte seinen Griff um den Schläger und ich erwartete, dass er nun Silke damit wieder schlagen würde. Sie warf mir einen Blick zu, dass ich zu ihr kommen sollte. Ich behielt den Mann im Auge, als ich zu Silke humpelte. Die beiden standen sich Auge in Auge gegenüber und Silke, obwohl sie genauso starke Schmerzen hatte wie ich, war bereit, mich zu verteidigen.

„Silke?" Rainers Stimme ertönte einige Meter entfernt. Der Mann rannte los, er verschwand in den Büschen. Ich versuchte, hinterher zu kommen, doch mein rechter Vorderlauf versagte und ich fiel wieder nach vorn. Silke war hinter mir hergelaufen und war ebenfalls in die Knie gegangen. Sie legte die Arme um mich und hielt mich wie ein Baby im Arm. „Siley... es tut mir so leid, dass ich dich in diese Gefahr gebracht habe...", weinte sie. Die Tränen liefen ihr über die Wangen und ich leckte ihr das Gesicht. „Ich liebe dich so sehr." Vorsichtig streichelte sie mir das Fell. „Siley!" Wieder rief Rainer. „Hier.", gab Silke zurück und setzte sich auf.

Rainer hatte uns gefunden. Er war erschrocken und riss die Augen auf. „Was ist mit Euch? Was ist passiert?" Silke sah ihn tränenüberströmt an. „Er wollte Siley erschlagen." „Wie bitte? Wer wollte Siley töten?" „Der Mann...", Silke schluchzte und wiegte mich in ihren Armen. „Silke, was ist hier passiert?" Rainer hatte mit beiden Händen Silkes Schultern gepackt und sah sie an. „Ein vermummter Mann hat uns angegriffen. Er ist geflohen, als du kamst." Silke zeigte in die Richtung, wo der Mann verschwunden war. „Marc, du musst sofort herkommen. Silke und Siley sind überfallen worden." Rainer hatte Marc Rohloff angerufen, der sich sofort auf den Weg machte und wenige Minuten später bei uns ankam. Silke und mir ging es inzwischen etwas besser, sie hatte strikt abgelehnt, dass Rainer einen Krankenwagen rief, ließ sich aber die Wunde am Kopf von ihm verarzten.

Marc ließ sich von Silke genau berichten, was vorgefallen war. Rainer hatte Silke dabei die ganze Zeit im Arm gehalten. Ich knurrte immer wieder mal, um Silke zu bestätigen, während sie Marc von dem Überfall auf uns erzählte. „Ich denke, es handelt sich um einen Serientäter, das scheint mir nun ganz klar zu sein." „Wenn es in Ordnung ist, dann bringe ich Silke nun nach Hause." Marc nickte, er versprach, unseren Wagen mit einem weiteren Beamten vorbeizubringen, wenn die Spurenuntersuchungen abgeschlossen waren.

„Wieso bist du uns nachgefahren?" Silke sah Rainer an. „Ich hatte dich angerufen, weil ich dich fragen wollte, ob du noch ein paar Sachen aus dem Supermarkt mitbringen kannst. Als du nicht rangegangen bist, nachdem ich dreimal angerufen habe, wusste ich, dass etwas nicht in Ordnung war, daher bin ich sofort losgefahren." „Rainer..." Er sah sie an. „Ich dachte, wir schaffen das nicht mehr. Siley wurde anscheinend mehrfach getroffen, was ich tasten konnte, als er mich, während ich bewusstlos war, verteidigt hat. Ohne ihn..." Rainer unterbrach Silke, „Das wollen wir gar nicht aussprechen! Ihr habt gegenseitig für euch eingestanden. Aber... ich möchte nicht, dass so etwas noch einmal passiert." Er sah Silke bittend an. „Ich habe mit so etwas wirklich nicht gerechnet, nicht einmal ansatzweise. Du weißt, dass ich Siley niemals in Gefahr bringen wollte." Ich hockte zwischen Silkes Beinen und hatte meinen Kopf auf ihr Knie gelegt. Silke kraulte mich und ihre Liebe zu mir ließ die Schmerzen erträglich werden.

Lucky kam besorgt auf mich zu und beschnupperte meine Verletzungen. Vorsichtig rollte er sich neben mich ins Hundebett und wachte über meinen Schlaf. Die weichen Fussel meines Bettes hüllten mich wohlig ein und ich fiel sofort in tiefen Schlaf, als wir zu Hause waren. Lucky leckte mir liebevoll das Fell und Silke deckte mich mit einer leichten Decke zu. „Du warst unfassbar tapfer. Danke, mein Engelchen."

Stimmen weckten mich. Ich hatte so tief geschlafen, dass ich mich erst einmal sammeln musste, um zu Verstand zu kommen. Mein Körper schmerzte an den Stellen, wo mich der Mann mit dem Baseballschläger getroffen hatte. Während ich mich langsam und vorsichtig streckte, erinnerte ich mich wieder an den Traum, den ich gerade hatte. Silke hatte am Boden gelegen und das Blut war ihr aus dem Kopf gelaufen. Ich begann zu zittern und zu jaulen bei dem Gedanken an diesen furchtbaren Traum, in dem Silke mir vor den Pfoten wegstarb. „Schatz, hast du Schmerzen?", sprach Silke mich leise an und strich mir über die Ohren. Ihre Berührung tat mir gut und ich beruhigte mich wieder. Lucky stand neben meinem Hundebett und sah mich besorgt an. Silke half mir hoch und ich spürte, dass sie sich Gedanken um mich machte.

Marc und Rainer unterhielten sich leise am Küchentisch. Dann saß da noch eine Frau mit ihnen am Tisch. Ich humpelte zu ihnen hinüber und begrüßte die drei Menschen. „Du bist ein Held. Du hast so tapfer Silke verteidigt." Ich wurde gelobt und gestreichelt und hätte an sich stolz darauf sein müssen, doch die Erinnerung an den Angriff und wie erst ich meine Silke versucht hatte zu beschützen und dann sie mich, betrübte mich. „Komm zu mir, mein Engel.", lockte Silke mich, die neben dem Tisch auf dem Boden hockte. Ich legte mich zu ihr und war dankbar, dass sie so nah bei mir war.

Carla, die Frau, die mit Marc zusammengekommen war, hatte ein Laptop auf den Esstisch gestellt und wandte sich an Silke. „Können Sie mir den Angreifer beschreiben? Ich würde gerne ein Phantombild erstellen." Silke sah Rainer und Marc an, drehte sich dann zu Carla, der Kollegin von Marc Rohloff. „Es handelte sich aller Wahrscheinlichkeit nach um einen Mann, die Statur und der Gang deuteten darauf hin. Er hatte eine längere schwarze Regenjacke an und eine Skimaske über den Kopf gezogen. Schwarze Jeans und Treckingschuhe. Mehr kann ich leider nicht sagen. Er war wie gesagt vermummt gewesen." Die Frau sah enttäuscht aus. „Es tut mir leid, aber mehr war nicht zu erkennen. Außerdem hatte er mir einen ziemlichen Schlag über den Kopf verpasst, dass ich eine Zeit lang außer Gefecht war." „Gut, dann mache ich mich wieder auf den Weg und befrage die Anwohner von Roggenmoor." Carla packte zusammen und ging zur Tür, Rainer begleitete sie zum Tor.

„Deine Kollegin war nicht begeistert.", meinte Rainer, als er wieder im Haus war. „Sie ist neu und will sich beweisen.", gab Marc zurück und befragte weiter Silke zum Ablauf des Angriffs. „Nachdem, was du mir nun erzählt hast, gehe ich stark davon aus, dass es sich um einen Serientäter handelt. Ich werde eine Sonderkommission ins Leben rufen und wir werden den kleinen Wald in Roggenmoor vorerst sperren." Silke sah ihn mit großen Augen an. „Aber was verbindet uns denn? Welche Gemeinsamkeiten haben wir Opfer?" „Darüber habe ich bereits nachgedacht und konnte nur die Gemeinsamkeit des Spazierens in Roggenmoor erkennen. Vielleicht ist es genau das, dass der Täter dort etwas zu verbergen hat und darum diese Angriffe verübt." Rainer sah nachdenklich aus. „Dann müsste er aber schon ein großes Geheimnis dort verbergen, dass er dafür bereit ist, zu morden." „Ich werde eine Hundestaffel dort durchlaufen lassen, die jeden Quadratzentimeter unter die Lupe nehmen sollen." Dann verabschiedete sich der Kommissar und warf beim Hinausgehen noch einen Blick zurück auf Silke und mich.

„Ich möchte mich gern hinlegen.", gestand Silke, als sie wieder mit Rainer allein war. „Du siehst auch blass aus. Bist du sicher, dass ich dich nicht besser ins Krankenhaus bringen soll?" Silke verneinte, „Nein, ich bleibe hier bei Siley, er braucht mich." Mit leisem Knuttern stimmte ich ihr zu. Silke schlich ins Schlafzimmer und ich folgte ihr. Rainer ließ die Jalousien herunter und half mir dann auf das Bett. „Schlaft euch etwas aus." Er streichelte mich und gab Silke einen Kuss auf die Stirn. In Silkes Arm gekuschelt, schlief ich wieder ein, doch dieses Mal träumte ich nichts, denn der Geruch von Silke, die ebenfalls eingeschlafen war, gab mir ein Wohlgefühl.

Das Klingeln der Haustür weckte uns am Abend. Silke sah mich liebevoll an, fasste sich dann an den Kopf, stöhnte leise vor Schmerz und stand dann auf. „Bleib liegen, mein Schatz, ich komme gleich wieder zu dir." Ich war zwar neugierig, wer da gekommen war, blieb aber doch liegen und kuschelte mich auf Silkes Kopfkissen. Es war ein Gemurmel aus der Küche zu hören, daher spitzte ich die Ohren. „Das ist nicht ihr Ernst.", hörte ich Silke entrüstet sagen. „Sie haben nichts Besseres zu tun, als uns wegen einer Story zu belästigen? Ich lasse sicher nicht zu, dass sie meinen Hund nun fotografieren." „Ja, aber die Leser interessieren sich für den Hund, der sein Frauchen rettet, nachdem er einen Toten gefunden hat." „Sie haben gehört, was Frau Lüttmann gesagt hat.

Der Angriff ist gerade mal wenige Stunden her und Sie kommen direkt hierher, nur, weil Ihnen jemand gesagt hat, wo wir wohnen." Rainer fasste dem Mann an den Arm und schob ihn in Richtung Tür. „Sie gehen jetzt.", gab er deutlich zu verstehen. Der Mann sah sich im Haus um, als er ging. „Ich war wohl noch nicht deutlich genug! Das ist hier Privatsphäre. Raus!" Rainer brachte den Journalisten zum Tor. „Sollte ich sehen, dass Sie hier weiter herumlungern...", Rainer sprach den Satz nicht aus, doch es war deutlich, dass er keinen Spaß dabei verstand.

Silke war wieder zu mir ins Bett gekommen. „Die spinnen doch.", meinte sie und deckte uns zu. „Alles in Ordnung mit dir?" Rainer schaute zu uns herein. „Ja.", Silke war nicht nach Reden zumute. „Willst du darüber reden?" „Ach, was soll ich sagen... Ich war so ein Idiot. Meinetwegen ist Siley in Gefahr geraten, weil ich meinen Dickkopf wieder einmal durchsetzen wollte." Silke legte ihre Wange an meine. Rainer strich Silke über das Haar. „Ich verstehe, dass du dich mies fühlst, aber du konntest doch nicht ahnen, dass es einen Angriff auf dich und Siley geben würde." „Ja...... Nimm es mir nicht übel, ich möchte momentan nicht darüber reden.", bat Silke. „Schlaf erstmal. Ich bin nebenan auf dem Sofa, wenn etwas ist." Rainer zog sich zurück, blickte sich aber noch einmal um, bevor er die Tür schloss. Sein Blick war traurig und voller Sorge.

Das Klappern der Futternäpfe weckte mich am Morgen. Silke lag bereits wach neben mir und hielt mich mit beiden Armen fest umschlungen. Sie sah mich mit ihren braunen Augen an und ich spürte ihre Liebe durch meinen Körper fließen. „Guten Morgen, kleiner Krieger." Sie küsste mich auf die Wange und ich drückte meinen Kopf fest an ihre Schulter. Mit einer Hand tastete Silke mich ab und ich zuckte noch etwas, als sie meinen Kopf berührte. Die Schmerzen waren nach der durchschlafenen Nacht erträglich geworden und so zuckte ich auch am Rücken und an der Schulter nur noch wenig, als Silke über die Stellen strich, wo mich der Mann getroffen hatte. Um ihr zu signalisieren, dass es mir gut ging, leckte ich Silke einmal quer über das Gesicht, woraufhin sie leise kicherte. „Na, geh. Du hast doch Hunger." Ich ließ mir dies nicht zweimal sagen und rängelte mich aus Silkes fester Umarmung, um in die Küche zu gehen. Die Tür vom Schlafzimmer war nur angelehnt und so kam ich in der Küche an, als Lucky sich gerade über sein Frühstück hermachte. Er bemerkte mein Eintreten und wartete kurz, doch dann verschlang er gierig sein Futter, wie Labradore das nun mal so machen.

Ich hatte riesigen Hunger, da ich am Abend zuvor nichts mehr gefressen hatte und, obwohl ich nach Lucky mit dem Fressen begann, war ich noch vor ihm fertig und leckte mir über die Lefzen, nachdem ich fertig war. Rainer lachte, „Komm her, Siley, du hast dir noch ein besonderes Leckerchen verdient." Er reichte mit einen Geflügelkaustab, den ich auf meinem Fressteppich genüsslich kaute.

Silke hatte geduscht und ließ Rainer einen Blick auf ihre Kopfwunde werfen. „Du hast einen immensen Dickkopf, der dir dieses Mal zugutegekommen ist.", grinste er. „Für irgendetwas muss er doch auch einmal gut sein.", scherzte Silke. Ich war mit Lucky nach draußen auf den Hof gegangen, um mein Geschäft zu erledigen. Lucky blieb noch draußen, doch mich zog es wieder ins Haus zu Silke. Sie wirkte nach außen wie immer, scherzte und lachte, doch ich spürte, dass es ihr nicht gut ging, sie beobachtete mich bei allem, was ich tat, und ließ mich kaum noch aus den Augen. Ihr Blick sagte mir ganz deutlich, dass sie sich große Vorwürfe machte.

Rainer arbeitete vom Gästezimmer aus und Silke kam ihrer Arbeit auf dem Hof nach. Die Boxen der Schafe mussten ausgemistet werden und so fuhr Silke eine Karre Mist nach der anderen aus dem Stall auf den Misthänger. Ich lag in der Stallgasse und sog den Geruch in mich auf, als ich Silke wütend rufen hörte, „Das kann doch echt nicht wahr sein!" Sie knallte die Schubkarre auf den Boden. „Verschwinden Sie! Das ist Privatgelände!" Ich war neugierig aus dem Stall gelaufen, um zu sehen, was los war. Vor dem Tor stand der Reporter, der gestern schon da gewesen war und er hob sofort seine Kamera über das Tor, um ein Foto von mir zu machen. Ich drehte mich um und verschwand wieder im Stall, während Silke mächtig erbost zum Tor ging. Rainer hatte sie gehört und stand nun in der Tennentür. Als er sah, dass Silke in Rage kam, lief er los und hielt sie fest. „Lass ihn. Ich habe Marc angerufen, er ist sofort mit einem Streifenwagen hier.", flüsterte er Silke zu und stellte sich vor sie.

Der Streifenwagen fuhr dem Wagen des Journalisten hinterher. „Ich werde, wieder einmal, einen Streifenwagen postieren, damit man euch in Ruhe lässt.", sagte er. „Übrigens, die Soko wurde zusammengestellt. Wir ermitteln mit Hochdruck." Silke nickte nur. Ich saß neben ihr und leckte Silke die Hand, wofür ich ein Lächeln von ihr erhielt. „Willst du einen Kaffee?", fragte Rainer den Kommissar. „Ich dachte schon, Ihr fragt gar nicht.", lachte Marc Rohloff und folgte Rainer ins Haus. Silke warf noch einen Blick zum Einfahrtstor und schnalzte mit der Zunge, damit ich ihr ins Haus folgen sollte. Lucky kam im vollen Galopp hinter uns her und rannte mich fast über den Haufen. „Vorsicht!", ermahnte Silke ihn, musste dabei aber grinsen. Lucky suchte Rainer und fand ihn in der Küche. „Hier hat also nun jeder einen Hund, das ist nicht zu übersehen.", stellte Marc fest.

Der Kommissar sprach noch mit Rainer, nachdem Silke wieder in den Stall gegangen war. Ich blieb in der Küche und lauschte. „Meine ich das nur, oder ist Silke anders heute?" „Sie ist anders. Silke macht sich große Vorwürfe, dass sie Siley in diese Gefahr gebracht hat." „Das konnte sie aber doch nicht wissen. Sie hat doch das getan, was sie immer macht... ermitteln." „Ich weiß das, du weißt das und auch Siley weiß das...", Rainer sah mich an und ich gab ein zustimmendes Quietschen von mir. „Silke hängt so sehr an Siley, wenn ihm gestern etwas passiert wäre, also mehr als die Schläge..." „Geben wir ihr ein paar Tage." Mit diesen Worten verließ Marc uns und fuhr wieder ins Präsidium.

9

Ein paar Tage später ging es mir wieder blendend, nur beim schnellen Rennen hatte ich noch ein leichtes Stechen in der Schulter. Ich tobte wieder mit Lucky über den Hof und fühlte mich jung. Gern wäre ich auch wieder mit Silke auf einen Ausflug mit dem Auto gefahren, doch Silke blieb nur noch auf dem Hof. Rainer erledigte die Einkäufe, fuhr den Mist weg und arbeitete weiter von uns aus. Er hatte sogar ein paar Sachen mehr von sich geholt und bei Silke in den Schrank gepackt. Ich war davon nicht ganz so begeistert, da ich es gewohnt war, mit Silke allein zu sein, hatte mich jedoch damit arrangiert, dass Rainer und nun auch Lucky eigentlich immer bei uns waren.

„Wollen wir heute Abend in der Mühle essen gehen?", fragte Rainer. „Ach, ich weiß nicht, ich habe gar nicht so großen Hunger.", verneinte Silke. „Du lehnst alles ab, wenn es darum geht, den Hof zu verlassen." Rainer sah Silke mit festem Blick an, dem sie auswich. „Ich bin nun mal gern zu Hause." „Das weiß ich, doch ich kenne dich besser als jeder andere und ich weiß ganz genau, was los ist." Silke sah aus dem Fenster. „Silke.", Rainer wartete, bis sie ihn ansah, bis er weitersprach, „Du kannst dich hier nicht einigeln. Siley geht es gut, du brauchst dir keine Vorwürfe machen. Schau ihn dir an. Er hat Spaß am Ermitteln." Silke senkte den Blick. „Ich habe ihn schon so oft in Gefahr gebracht, weil ich sorglos drauf los gemacht habe, ohne über die Konsequenzen nachzudenken.", Tränen füllten ihre Augen. Mir zerriss es das Herz, sie so zu sehen und ich legte meine Pfote auf ihr Bein. Sie sollte nicht glauben, dass sie etwas falsch gemacht hatte. Ich hatte unbändige Freude daran, mit ihr zu ermitteln, auch, wenn es dieses Mal schon heikel geworden war. „Guck dir Siley an. Er stimmt mir zu." „Ich weiß es nicht...", Silke stand auf und schnäuzte sich die Nase.

Rainer kochte am Abend und beim Essen sprachen er und Silke nur wenig miteinander. Silke verzog sich nach dem Essen ins Schlafzimmer, wo ich mich wie in den letzten Tagen auch schon, dicht neben sie legte und ihre Nähe genoss. Plötzlich riss Rainer die Tür auf. „Telefon für dich." Er reichte Silke den Hörer. „Wer ist es denn?" Rainer wedelte mit dem Hörer, sagte aber nicht, wer dran war. Silke nahm ihn, „Ja?" „Tina hier. Was muss ich da hören? Du bist doch sonst nicht so." „Ich freu mich auch, mit dir zu sprechen.", gab Silke zurück, „Was habt Ihr denn alle?" „Hör mal gut zu. Ich kann gut verstehen, dass dich die Sache in Roggenmoor mitgenommen hat. Aber seit wann bist du so negativ?

Reiß dich mal wieder zusammen und lass Siley das machen, was er so gut kann: ermitteln!" Es herrschte einen Moment Stille. „Siley hätte draufgehen können." „Das ist mir bewusst, aber er war auch schon früher bei Ermittlungen in unschöne Situationen geraten. Ich erinnere an seine Entführung..." Silke sah mich an, ich zwinkerte ihr zu, dann holte sie tief Luft. „Ich sehe schon... Ihr habt euch gegen mich verschworen..." „Ich komme dir gleich, du!", lachte Tina fröhlich. Die beiden unterhielten sich noch eine Weile und je länger das Gespräch dauerte, desto mehr positive Energie konnte ich bei Silke feststellen. Rainer stand hinter der Tür, ich konnte ihn dort wahrnehmen und wusste, dass er nun breit grinste, da sein Plan, Tina anzurufen, damit sie Silke wieder auf Spur brachte, funktioniert hatte.

Marc Rohloff rief am Abend an, um sich für einen Besuch anzukündigen. Silke fuhr mit Rainer einkaufen, da sie etwas kochen wollte. Bevor die beiden abfuhren, kniete sie sich kurz vor mich und nahm meinen Kopf in beide Hände. „Pass gut auf alles auf." Zum Abschied gab sie mir noch einen Kuss auf die Stirn und es war deutlich, dass sie mich ungern auf dem Hof zurückließ, doch sie gab sich einen Ruck und ich blieb mit Lucky allein. Wir vertrieben uns die Zeit damit, durch das Haus zu laufen, um etwas Essbares zu suchen, doch als wir nichts fanden, legten wir uns in unsere Kuschelbetten und schliefen, bis Silke und Rainer wieder da waren. Vor dem Haus stand noch immer ein Streifenwagen, der Reporter fernhielt.

Mit großen Tüten beladen, betraten Silke und Rainer die Küche. Lucky sprang den beiden ungeduldig vor den Füßen herum, dass Rainer in auf seinen Platz schickte, da er fast über Lucky gestolpert wäre. Ich wartete darauf, dass Silke mir etwas aus den verführerisch riechenden Tüten geben würde, sie brachte mir immer etwas vom Einkaufen mit. „Hier, ein Schweineohr für dich." Sie reichte mir ein knuspriges Ohr, dass ich vorsichtig nahm und damit auf die Tenne ging. Lucky sah mir hinterher und wurde unruhig. Rainer lachte, „Du bekommst doch auch eins.", und hielt ihm sein Schweineohr vor die Nase. Gierig riss Lucky es Rainer aus der Hand und rannte zu mir auf die Tenne. Derweil wir unser Mitbringsel kauten, machten sich Silke und Rainer daran, für das Abendessen zu kochen.

Der Kommissar klingelte und wurde von mir am Tor abgeholt. „Hey Siley. Geht es dir wieder gut?" Ich sprang freudig um ihn herum und bellte übermütig. „Ich könnte deine Hilfe brauchen...", flüsterte Marc mir zu und schrak zusammen, da Silke schon neben ihm stand und ihn gehört hatte. „Entschuldige, ich wollte nicht..." „Du willst uns nicht mehr dabeihaben?", unterbrach sie Marc, „Das ist aber schade." Marc sah sie erstaunt an. „Wie muss ich das verstehen?" „So, wie ich es sage.", grinst Silke ihn breit an, „Wir sind wieder bereit, dich zu unterstützen." Rainer lachte laut, „Ich habe Tina angerufen, sie hat Silke den Kopf zurechtgerückt." „Klasse.", freute sich Marc, „Lasst uns ins Haus gehen, dann berichte ich euch von den Ergebnissen der letzten Tage."

Am Esstisch herrschte wieder die kreative Stimmung, wie sie vor dem Angriff auf Silke und mich immer gewesen war. Lucky und ich saßen neben dem Tisch, er bei Rainer und ich bei meiner Silke. Marc erstattete Bericht über die Ermittlungsergebnisse der extra gebildeten SoKo. „Wir haben alle Anwohner von Roggenmoor befragt, keiner hat etwas Auffälliges bemerkt. Es gehen viele dort mit ihren Hunden Gassi, aber keinem ist etwas aufgefallen oder wurde angegriffen. Es ist kurios. Eine Hundestaffel ist großflächig den See und auch die angrenzenden Wiesen abgeschritten, aber auch dort war nichts Ungewöhnliches zu finden. Ich weiß nicht mehr weiter." Der Kommissar sah Silke und Rainer an. „Siley ist zwar kein ausgebildeter Spürhund, dennoch wäre es mir lieb, wenn Ihr mit mir den Tatort aufsuchen würdet. Ich verstehe aber durchaus, wenn du Nein sagst, weil Ihr beide..." Silke schüttelte den Kopf. „Nein, ich muss mich dem stellen, Siley ist da mutiger als ich. Wir kommen mit." Rainer räusperte sich. „Ich hätte da eine andere Idee." Nachdenklich rieb er sich das Kinn. „Was heckst du aus?" Marc sah ihn neugierig an. „Ich kann mir fast schon denken, was Rainer im Schilde führt." Silke sah nicht begeistert aus. „Aber es wäre ein Versuch wert.", meinte Rainer. „Wovon sprecht Ihr?" Silke sah Rainer an und nickte. „Ich würde mich als Köder anbieten und mit Siley durch Roggenmoor laufen. Wenn es sich wirklich um einen Serientäter handelt, dann sollte er mich doch auch versuchen anzugreifen. Natürlich müssten genügend Polizeibeamte im Verborgenen parat stehen, die jederzeit eingreifen könnten." Marc verzog das Gesicht. „Mir hätte klar sein sollen, dass Ihr auf solche Ideen kommt." „Und? Einverstanden?" „Ich kann doch sowieso nichts dagegen tun.", erkannte Marc, „Gebt mir eine Woche Zeit, den Einsatz zur planen und organisieren." Silke und Rainer gaben sich ein High Five.

Nach dem Abendessen klingelte er erneut am Tor und Silke sah Marc fragend an. „Ich habe niemanden herbestellt." Rainer sah aus dem Fenster. „Es ist Carsten Budde." Marc überzeugte sich mit eigenen Augen davon und wunderte sich. „Ich dachte, er wäre noch im Krankenhaus." „Geht vielleicht mal einer zum Tor?", lachte Silke. Rainer kam mit dem zweiten Angriffsopfer zur Küchentür herein. „Moin. Ich hoffe, ich störe nicht.", grüßte Carsten Budde. „Nein, kommen Sie herein. Möchten Sie einen Tee?" „Ja, gern."

Ich schlich um den Gast herum und schnüffelte an ihm. Lucky hatte ihn dagegen aufgeregt begrüßt und wollte am liebsten auf seinen Schoß springen. „Sunny, alter Kumpel. Schön, dich zu sehen.", freute sich Herr Budde und streichelte ihn. „Wir nennen ihn hier Lucky, weil er Glück gehabt hatte." Silke sah Rainer an, der etwas traurig zusah, wie Lucky sich von dem Gast streicheln ließ. „Ich war damals dabei, als Michael sich diesen tollen Kerl aus dem Wurf ausgesucht hatte." „Seit wann sind Sie aus dem Krankenhaus entlassen?", fragte Marc Herrn Budde. „Ich habe mich heute selbst entlassen. Mir geht es an sich wieder gut, auch, wenn mir das Ganze noch lange in den Knochen hängen wird." „Frau Lüttmann wurde ebenfalls angegriffen, zusammen mit ihrem Hund." Ich knurrte leise, als ich wieder daran dachte. „Wie sind Sie ihm entkommen?", Herr Budde sah Silke geschockt an, dann sah er auf mich. „Siley hat mich mit aller Macht verteidigt und wurde selbst dabei verletzt." „Wurde der Täter gefasst?" Erwartungsvoll sah Carsten Budde in die Runde. „Leider nicht. Er ist entkommen. Ich wurde, wie Sie, niedergeschlagen. Siley hat sich dann todesmutig auf den Angreifer gestürzt, der ihm mehrere Schläge verpasst hat. Irgendwann wurde ich wieder wach und bin Siley zu Hilfe gegangen. Siley hat mir das Leben gerettet, denke ich." Silke sah mich stolz an. „Wie geht es Ihnen nun?", Herr Budde klang aufrichtig besorgt. „Mit den physischen Verletzungen bin ich recht schnell klargekommen, schlimmer war der Gedanke, dass meinem Hundejungen Schlimmeres hätte passieren können." Herr Budde nickte, „Die Psyche hat auch bei mir mehr gelitten als ich wahrhaben wollte, daher habe ich mich auch selbst entlassen, damit ich mich nicht länger verstecke, sondern mich dem Leben stelle." Carsten und Silke sahen sich an und lächelten.

Carsten Budde kam beim Tee auf den eigentlichen Grund seines Besuches zu sprechen. „Michael hatte mir am Tag bevor er gestorben ist am Telefon gesagt, dass er sich mit mir treffen wolle, um mir etwas Wichtiges zu sagen. Er meinte, er hätte auch einen

Brief, den er mir zur Verwahrung geben wollte." „Hat er angedeutet, was darinsteht oder worüber er mit Ihnen sprechen wollte?" Carsten Budde schüttelte den Kopf, „Nein. Ich habe zwar mehrfach gefragt, aber er wollte nicht damit rausrücken. Ich vermute, es handelt sich um seine Patientenverfügung, denn damit hatte er sich seit Monaten auseinandergesetzt. So wie ich auch, lebte er allein und nach dem Tod seiner Mutter, hat er immer wieder eine aufsetzen wollen." „Haben Sie eine Vermutung, wo er dieses Schreiben verwahrt haben könnte? Wir müssen jedem Hinweis und jeder noch so kleinen Spur nachgehen." Marcs Interesse war geweckt. „Nein, leider nicht." „Sie kennen sich in der Wohnung von Michael Gerke doch etwas aus, oder?" Marc sah Herrn Budde an, der nickte. „Ja, mehr oder minder." „Würden Sie morgen mit uns in sein Haus gehen und bei der Suche helfen?" „Natürlich. Wenn ich helfen kann, dann tue ich das gerne, auch für Michael, das ist das Mindeste, das ich tun kann." Rainer sah Marc und machte eine leichte Kopfbewegung. Silke drückte Herrn Budde die Hand.

„Was meint Ihr dazu?", fragte der Kommissar, nachdem Carsten Budde gegangen war. „Dieses Schreiben, was auch immer es ist, könnte ein wichtiger

Hinweis sein. Es könnte genauso gut auch eine totale Niete sein. So oder so... Lass uns Morgen danach suchen." Die drei waren sich einig und so vereinbarten sie eine Uhrzeit, wann sie sich beim Haus vom toten Gerke treffen wollten. Marc wollte Carsten Budde noch Bescheid geben und machte sich dann auf den Weg in seinen Feierabend. „Danke für das Essen. Und auch, dass Ihr wieder dabei seid. Ich trete derzeit auf der Stelle." Silke umarmte ihn und ich gab meiner Freude mit einem lauten Bellen Ausdruck.

Rainer war nach dem Besuch von Carsten Budde ziemlich still gewesen. „Was geht in dir vor?", fragte Silke ihn, „Ist es, wie Lucky auf Carsten Budde zugegangen ist?" „Ja, das war schon ein komisches Gefühl." „So geht es mir auch immer, wenn Siley überfreundlich auf andere zugeht." Silke setzte sich neben Rainer auf das Sofa und wuschelte sein Haar durch. „Herr Budde war so vertraut mit Lucky. Und wenn ich ehrlich bin, habe ich kurz gedacht, ob es nicht besser wäre, wenn er Lucky auf Dauer aufnehmen würde." Silke hielt inne. „Meinst du das ernst?" „Ich muss doch auch wieder ins Büro und habe dann wenig Zeit für Lucky. Siley ist aber ein Einzelprinz und ich denke, das sollte er auch bleiben." Rainer sah Silke mit ernstem Gesicht an. Ich wiederum sah Lucky an, der noch immer an dem Stuhl hockte, wo unser Gast vorhin gesessen hatte. Lucky war ein lieber Kerl, ich mochte ihn inzwischen sehr. „Warten wir es erstmal ab. Das können wir immer noch mit Herrn Budde klären.", beendete Silke das Thema. „Marc hat die Streife vor dem Haus wieder abberufen. Die Presse soll nun wohl Ruhe geben.", stellte sie abschließend fest.

10

Marc kam nach dem Frühstück zu uns, nahm aber einen Kaffee noch gern an. „Bei dir schmeckt der Kaffee definitiv besser als im Präsidium.", stellte er mit einem schiefen Grinsen fest. Rainer hatte schon an seinem Laptop gearbeitet, Steuern würden nicht warten, hatte er gemeint, doch als Marc eingetroffen war, klappte er das Gerät zu und setzte sich zu uns in die Küche. „Ich werde gleich Carsten Budde abholen und mit ihm zum Haus von Michael Gerke fahren. Nehmt Ihr die Hunde mit?" „Ja, Siley brennt darauf, seine Nase wieder in die Ermittlungen zu stecken.", lachte Silke. „Ich denke zwar nicht, dass uns dieses ominöse Schreiben weiterbringt, aber da wir bei der Aufklärung des Mordes und den Angriffen nicht weiterkommen, ist das für mich gerade ein Strohhalm. Meiner Meinung nach handelt es sich um einen Serientäter." Der Kommissar zuckte mit den Schultern. „Ich bin mir da nicht so sicher. Da steckt etwas mehr dahinter.", gab Silke ihre Meinung preis. Rainer nickte zustimmend, doch Marc blieb bei seiner Meinung.

Lucky und mir wurden die Geschirre angezogen und er sauste wie ein Wirbelwind über den Hof, freudig, dass es einen Ausflug geben würde. Ich beneidete ihn etwas um seine Energie, mein Alter machte sich leider doch bemerkbar. Silke hatte mich beobachtet. „Du bist neidisch, stimmt´s?" Ich sah zu ihr hoch und wedelte mit der Rute. „Mach dir nichts daraus, du bist für dein Alter noch sehr fit. Außerdem bist du im wahrsten Sinne des Wortes angeschlagen." Sie streichelte mir sanft über den Kopf. Auf dem Weg zu Michael Gerkes Haus hechelte Lucky sehr aufgeregt, er kannte ab einem gewissen Zeitpunkt die Strecke und wusste, dass wir zu seinem ehemaligen Zuhause fuhren.

Wir waren als erste bei Haus von Gerke angekommen, Silke ließ uns aus dem Kofferraum und Lucky rannte im Affenzahn durch den Garten hinters Haus. „Lauf ihm nach.", forderte Silke mich auf und ich trabte wie geheißen hinter ihm her. Lucky stand vor der Terrassentür und schaute sehnsüchtig ins Haus. „War das gut, Lucky mitzunehmen?", hörte ich Rainer fragen. „Siley wird ihn mental unterstützen und vielleicht kann Lucky uns einen Hinweis geben. Mach dir nicht so viele Gedanken." Silke versuchte Rainers Bedenken zu zerstreuen. Ich hörte Marc vorfahren und lief zurück zur Einfahrt. Lucky war im Garten geblieben und stöberte nun durch die Beete. „Moin.", begrüßte uns Carsten Budde und streichelte mich ausgiebig. „Ich Sunny... äh, Lucky nicht da?", suchend schaute er sich um. „Doch, er ist hinter dem Haus." Marc öffnete die Haustür und wir gingen vorn hinein. Rainer ging direkt durch ins Wohnzimmer, um die Terrassentür zu öffnen. „Lucky, komm her.", rief er meinen beigen Labrador-Freund. Mit dreckigen Pfoten rannte dieser ins Wohnzimmer und sprang Carsten Budde an. „Hallo, mein Freund. Ich freue mich auch, dich zu sehen." Silke nahm Rainers Arm und schenkte ihm ein Lächeln.

Marc teilte jedem einen Raum zu, in dem nach dem Schreiben gesucht werden sollte. „Das fühlt sich komisch an.", sagte Carsten Budde, „Michael war mein bester Freund, seit Kindertagen, und nun soll ich in seinen Sachen wühlen." Er hatte Hemmungen, die Schubladen aufzumachen. „Der Brief kann vielleicht dazu beitragen, den Mörder zu finden.", ermunterte ihn Silke und erntete von Marc einen Blick, der immer noch Zweifel daran hegte. Über eine Stunde später, nachdem alles einmal im Haus umgedreht und durchsucht worden war, brach Marc den Einsatz ab. „Wir haben nun jeden Ordner, jeden Umschlag und Zettel in der Hand gehabt. Vielleicht gibt es diese Schreiben gar nicht, da Gerke dieses noch nicht verfasst hat." „Er hatte mir gesagt, er wollte es mir an dem Tag geben." Carsten Budde war niedergeschlagen. „Herr Budde, ich habe auch gehofft, dass diese Suche erfolgreich wäre, bin aber dennoch der Meinung, dass es sich bei dem Mord an Michael und auch den Angriff auf Sie und Frau Lüttmann um die Taten eines Serientäters handelt. Sobald wir neue Erkenntnisse haben, werde ich Ihnen Bescheid geben." Herr Budde sah von einem zu anderen. „Diese Ungewissheit ist furchtbar."

Wir stiegen wieder in die Autos. „Lucky hat nur in seinem Bettchen gelegen, fast so, als ob er auf Michael warten würde." Rainer sah nach hinten zu uns. „Es ist ja noch nicht lange her, er wird sicher auch noch trauern.", antwortete Silke. „Hast du gesehen, wie freudig er auf Budde losgelaufen ist?" „Er kennt ihn doch aber auch schon seit Welpenalter. Mach dir nicht so viele Gedanken. Siley ist auch erst im Erwachsenenalter zu mir gekommen und die erste Zeit war wirklich nicht einfach mit ihm und mir." Rainer schwieg und sah aus dem Fenster. „Ich habe eine Idee...", begann er dann. Silke sah ihn an. „Wegen Lucky?" „Nein. Marc ist doch sicher, dass es sich um einen Serientäter handelt, da sollte man diesen gezielt ködern." Silke bremste scharf. „Bist du wahnsinnig?", sie zeigte auf ihren Kopf, „Schon vergessen, was der Typ seinen Opfern angetan hat? Siley hat bei mir das

Schlimmste verhindert, wobei er mächtig eingesteckt hat." „Fahr weiter, hinter uns kommt ein Wagen.", drängte Rainer. „Es müsste natürlich Polizei dabei sein, ich werde mich nicht willkürlich einer Gefahr aussetzen, schließlich hänge ich an meinem Leben.", fuhr Rainer fort. „Ich weiß nicht...", Silke starrte auf die Straße. „Eine gewisse Gefahr ist dabei, dessen bin ich mir bewusst, aber so kann es doch nicht weitergehen, dass Spaziergänger wahllos überfallen werden." „Wahllos... Du bringst es auf den Punkt. Gerke hatte einen Hund bei sich, ebenso wie ich, Budde jedoch nicht. Es waren zwischendurch noch andere Leute in Roggenmoor unterwegs, da gehen täglich viele Leute durch, weil es dort schön ist. Ein Serientäter geht doch nach einem Muster vor. In diesem Fall sehe ich aber kein Muster, denn er ist auf den ersten Blick wahllos vorgegangen." Rainer sah sie erstaunt an. „Du hast recht.", stimmte er zu, „Aber Marc ist da anderer Meinung." Ich bellte aufgeregt, denn was Silke sagte, war auch meine Meinung. Es passte nichts zusammen und wir hatten uns von Marc auf eine falsche Spur drängen lassen. „Siley ist meiner Meinung.", freute Silke sich. „Hallo? Ich auch.", maulte Rainer lachend, „Dann lass mich als Köder fungieren." „Wir können Marc davon aber nichts sagen, das ließe er niemals zu." „Christian wäre doch sicher mit von der Partie.", zwinkerte Rainer, „Lass uns ihn gleich anrufen."

Christian, der Anwalt, war erst geschockt über die Ereignisse der vergangenen Tage. Er saß in der Küche und biss von der Pizza ab, die er für alle mitgebracht hatte. „Wieso erfahre ich wieder als Letzter von diesen Dingen?", entrüstete er sich. „Dafür erfährst du nun als Erster von meinem Plan. Und dazu auch noch als Einziger." Rainer schnappte sich noch ein Stück Pizza, von dem er Lucky das Kantstück abgab. Ich wurde von Silke versorgt und lauschte nebenbei dem Gespräch am Tisch. „Ich stelle mir das so vor: Siley und ich gehen, wie gewöhnliche Spaziergänger durch den kleinen Wald und, wenn mein Plan aufgeht, dann wird mich der Angreifer attackieren." „Aber er kennt Siley doch nun.", warf Christian ein, „Und Lucky auch." „Es geht ihm aber offensichtlich nicht um die Hunde, denn Carsten Budde, sein zweites Opfer, hatte keinen Hund bei sich, daher wird er darauf nicht sonderlich achten." Silke sah mich an. „Du darfst dir dann nur nicht sofort, wenn du etwas bemerkst, etwas anmerken lassen." Ich setzte einen klugen Blick auf und hob die Pfote. „Und lass dich nicht wieder schlagen. Lauf einfach weg." „Ich liege ja in der Nähe auf der Lauer und habe mein

Jagdgewehr bei mir.", beruhigte Christian Silke. „Und ich lasse mich auch nicht schlagen.", sagte Rainer und nahm sich noch ein Stück Pizza.

Es war noch dunkel, als ich wach wurde. Ich hatte schlecht geschlafen, denn in meinen Träumen waren Silke und ich wieder überfallen worden und mein Kopf schmerzte, als ich aufwachte. Silke lag neben mir und schlief tief und fest. Ihr Geruch und ihre Nähe waren tröstlich, so dass ich mich langsam wieder akklimatisierte. Vorsichtig schlich ich aus dem Bett, damit ich sie nicht weckte, sie sollte ihren Schlaf bekommen. Mit der Nase schob ich die angelehnte Schlafzimmertür auf und schlich durch den Flur in die Küche. Dort war es still und ich lief zum Futternapf, ob sich noch ein paar Reste darin befanden, doch mit zwei Labradoren im Haus war klar, dass die Näpfe blank geleckt waren. Ich lief durch die Küche und fand keine Ruhe. Lucky lag bei Rainer im Gästezimmer, wo er seit dem Angriff auf Silke und mich sein Nachtlager bezogen hatte, damit wir Zeit für uns hatten. Manchmal konnte Rainer sehr rücksichtsvoll sein, das fiel mir erst jetzt auf. Mit diesem Gedanken legte ich mich in mein Bett beim Ofen und döste noch einmal ein.

Als Silke aufstand, sprang ich flink aus meinem Bett auf und lief ihr entgegen.

Ich hatte Hunger und war zugegebenermaßen ziemlich aufgeregt. Rainer war mindestens genauso nervös wie ich, man konnte sehen, dass er nicht viel mehr geschlafen hatte als ich. „Jungs, reißt euch zusammen. Ihr müsst konzentriert sein, damit euch nichts geschieht." Silke sah uns mütterlich an. „Siley, was meinst du? Wir kriegen das hin, oder?" Ich jaulte kurz auf, da ich schon etwas Bammel hatte, dann streckte ich meine Vorderbeine und hob den Hintern in die Luft, um zu zeigen, dass ich bereit für unseren Einsatz war. Lucky hatte sich von der Aufregung anstecken lassen und rannte immer wieder um den Tisch herum, bis Silke ihn zur Ruhe rief. Er tänzelte neben mir und sah mich bewundernd an. Dies gab mir meine Sicherheit wieder und ich war nun fest entschlossen, meinen und Silkes Peiniger zu erwischen.

Christian war von der anderen Seite her nach Roggenmoor gefahren und hatte seinen Wagen versteckt geparkt. Er war lange vor der vereinbarten Zeit dort angekommen und hatte sich von den Wiesen her herangeschlichen und einen Platz gefunden, von wo aus er die Stelle, wo Rainer mit mir laufen wollte, einsehen konnte, ohne, dass man ihn sehen konnte. Rainer war, nachdem Christian ihm eine Nachricht über das Handy gesendet hatte, mit mir losgefahren und lief mit mir langsam und scheinbar unbefangen durch das kleine Waldstückchen. „Tu so, als ob du schnupperst.", flüsterte er mir zu. Seine Stimme war zittrig, ich spürte und roch seine Angst. Ich hatte die Nase fest am Boden und roch hier und dort, blieb oft stehen und tat, was ich sonst beim Gassi gehen tue, doch nahm ich nicht viel wahr, da meine Sinne auf die umliegende Gegend fokussiert war. Bei jedem noch so leisen Knacken drehte ich die Ohren und holte mit der Nase Informationen ein.

Wir schlenderten über eine Stunde hin und her, einmal umrundeten wir den kleinen See, um dann wieder an der Stelle zu verweilen, wo alle drei Angriffe stattgefunden hatten. Rainer und ich zuckten zusammen, als hinter uns das laute Knacken eines Astes ertönte. Ich drehte mich mit gebleckten Zähnen und aufgestelltem Nackenhaar auf dem Absatz um und war bereit, jeden Moment loszuspringen. Über die Leine konnte ich Rainers Schreck spüren und, dass er leichte Panik bekam. Ich sah durch das Gebüsch und versuchte zu orten, was das Knacken verursacht hatte. Mit zusammengekniffenen Augen und der Nase hoch in der Luft stand ich mit angespannter Muskulatur da. Es war nichts zu erkennen, der Wind stand ungünstig, dass vermeintliche Gerüche von uns weggetragen wurden. Rainer hatte sich gebückt und hinter einem Strauch versteckt. „Nicht bewegen.", raunte er mir zu. Bewegungslos verharrten wir und warteten darauf, dass der vermummte Mann auftauchen würde. Wieder knackten Äste und es raschelte im Laub. Der Angreifer musste sich ziemlich sicher sein, dass er mit dieser Lautstärke durch das Unterholz lief. Ich war ganz sicher, dass es sich um Schritte handelte und legte mich flach auf den Boden, um von dort aus, auf den näherkommenden Menschen loszugehen.

„Was macht Ihr denn hier?", brüllte eine Stimme. Rainer sah mich erschrocken an und kroch dann aus dem Gebüsch. „Moin. Was macht Ihr denn hier?", schrie Marc und an. Er hatte seine Waffe gezogen und auf uns gerichtet. Nachdem er uns erkannt hatte, steckte er sie wieder in sein Holster, während er uns böse ansah. „Ich war mit Siley spazieren." „Hier?" Marc sah sich in dem kleinen Wald um und wieder zu Rainer. „Komm, erzähl mir nichts..." Der Kommissar hatte uns durchschaut. „Das glaube ich jetzt nicht. Bist du bescheuert, ganz ohne Rückendeckung den Köder zu spielen? Ich bin die Polizei! Wieso sprecht Ihr solche riskanten Aktionen nicht wenigstens mit mir ab?" Ich hatte Marc noch nie so sauer gesehen und legte mich vor ihm auf den Rücken, um ihn zu beschwichtigen. „Du hast wohl auch noch nicht genug Schläge bekommen, oder wie?" Er sah mich an. „Anwohner haben mich angerufen, dass hier seit über einer Stunde ein Mann mit einem schwarzen Hund herumlaufen würde. Da war mir schon fast klar, dass nur Ihr das sein könnt." Der Kommissar war auf hundertachtzig.   „Du   kannst rauskommen, Silke.", rief er in den Wald hinein. „Silke ist nicht hier, es war auch nicht ihre Idee gewesen, sondern meine." Marc schlug sich mit der Hand an die Stirn. „Von dir hätte ich nun mehr Überlegung erwartet.", haute er raus, „Bei Silke wissen wir, dass sie oftmals, wenn auch aus den richtigen und guten Motiven heraus, impulsiv die Dinge angeht." „Moin.", erklang es hinter uns. Marc drehte sich abrupt um und blickte auf   Christian,   der   mit   seinem Jagdgewehr vor ihm stand. „Das kann doch   jetzt   nicht   wahr   sein...   Ein Steuerberater und ein Anwalt meinen, einen Serientäter fassen zu können." Marc lief los und an Christian vorbei in Richtung seines Wagens. Dann drehte er sich wieder um und rief, „Sofort brecht Ihr diesen Schwachsinn hier ab. Wir sehen uns gleich bei Silke, ich bin noch nicht fertig mit euch." Mit diesen Worten lief er wie eine Dampfwalze zu seinem Auto und fuhr los.

„Oha... der ist aber mächtig sauer.", stellte Christian fest. „Mir wurde ehrlich gesagt ganz anders, als es im Gebüsch knackte und ich nicht sehen konnte, wer da kommt. Er mag wohl recht haben, dass es keine so gute Idee gewesen war.", gab Rainer zu. Die beiden gingen zu Rainers Wagen, der den Anwalt zu seinem versteckt geparkten Auto bringen wollte. Die Anspannung fiel von uns ab und ich nutzte die Gelegenheit, um mich vor der Heimfahrt noch schnell zu lösen. „Das ist jetzt nicht dein Ernst.", Rainer schmunzelte und holte ein Tütchen aus der Tasche. Christian lachte, „Siley setzt ein Statement." Auf dem Weg nach Hause rief Rainer Silke an und warnte sie vor, dass der Kommissar schlecht gelaunt auf dem Weg zu ihr war.

Silke hatte Tee gekocht und einen Teller mit Plätzchen auf den Tisch gestellt. Ich wurde von ihr mit einer überschwänglichen Umarmung begrüßt. „Ich bin froh, dass du wieder da bist." Marc saß bereits am Tisch, als wir anderen nach Hause kamen. Er war immer noch wütend über unseren Alleingang. „Wie kannst du denn allein dahinfahren, nachdem Silke bereits dort überfallen wurde." „Ich war nicht allein. Christian hat uns aus einem Versteck im Blick gehabt und er hatte sein Jagdgewehr dabei." „Das darf doch wohl nicht wahr sein.", rastete Marc aus, „Ich dachte, wir wären Freunde…"

Rainer sah ihn schuldbewusst an. „Es war nur so eine Idee von mir gewesen."
Marc schüttelte den Kopf. „Wann hattet Ihr mir denn davon erzählen wollen? Wenn wir auf deiner Beerdigung waren? Wie habt Ihr gedacht, dass Ihr den Typen festsetzen könnt? Oder wolltet Ihr ihn einfach abknallen?" Langsam beruhigte sich der Kommissar wieder. „Entschuldige, aber das war, gelinde gesagt, eine dumme Idee gewesen, die mehr als gefährlich war."

Silke versuchte Marc zu erklären, warum sie das getan hatten. „Du ermittelst in eine Richtung, die wir nicht teilen. Ich bin nicht von der Serientäter-Theorie überzeugt, da keine auffälligen Gemeinsamkeiten bei den Fällen erkennbar sind. Wir haben dir nichts davon gesagt, da du uns sicher davon abgehalten haben würdest, weil du nun mal vehement an dem Serientäter festhältst." Silke hatte die Teekanne abgestellt und die Hände in die Hüften gestemmt, um ihren Worten Nachdruck zu verleihen. Marc fiel ihr ins Wort, „Mensch, Silke, ich weiß, dass Ihr gerne übergriffig auf eigene Faust ermittelt, aber dies war doch eine Nummer zu viel." Christian versuchte zu schlichten und erklärte Marc, was seine Ansicht dazu war, und der Kommissar hatte Mühe, das Lachen zu unterdrücken. „Leute, ich bin von der Serientäter-Theorie ab, denn alle Fakten scheinen dagegen zu sprechen. Umso gefährlicher war euer Alleingang." „Du hast recht.", gaben die anderen drei zerknirscht zu.

Marc Rohloff trank seinen Tee aus und legte seine neue Vermutung offen. „Die SoKo hat in alle Richtungen ermittelt, doch der Verdacht hat sich in keinster Weise erhärtet. Es muss sich um persönlich Motive handeln. Michael Gerke und Carsten Budde waren beste Freunde. Dann gibt es da noch Lukas Ahlers, der uns anfänglich nicht die Wahrheit bezüglich der Anrufe gesagt hat. Die drei kannten sich von klein auf. Irgendetwas könnte in deren Vergangenheit vorgefallen sein. Ich habe Lukas Ahlers für morgen zur Vernehmung vorgeladen. Er ist mein Hauptverdächtiger." „Aber wie passt der Angriff auf Siley und mich dahinein? Ich kannte die jungen Männer gar nicht." „Der Angriff auf dich und Siley war der Grund, dass ich an einen Serienmörder glaubte, obwohl du da in der Tat nicht ins Muster passtest. Ich fürchte, wir stehen wieder am Anfang." Marc verzog das Gesicht. „Bleibt uns noch die Suche nach diesem Brief oder Schreiben, von dem Carsten Budde gesprochen hatte." Silke sah Marc an. „Es ist derzeit der einzige Anhaltspunkt, dennoch bin ich nicht sicher, ob es diesen Brief überhaupt gibt." „Wie willst du weiter vorgehen?" Marc hob die Hände, „Ich weiß es ehrlich gesagt nicht. Vielleicht mag Siley noch einmal das Schreiben suchen."

11

Marc rief am nächsten Morgen an und lud Silke und mich ein, beim Verhör von Lukas Ahlers vom Nebenzimmer aus, zuzuhören. „Besser ich hole ich direkt ins Boot, als dass Ihr wieder auf eigene Faust Dummheiten macht.", stichelte er. „Wir haben deine Standpauke verstanden und geloben Besserung.", erwiderte Silke. „Das sagst du immer und preschst dann doch wieder los.", prustete der Kommissar am Telefon. Christian war zum Frühstück gekommen und hatte Brötchen mitgebracht, die wir gerade aßen, als Marc angerufen hatte. Silke setzte die beiden Männer und auch mich in Kenntnis, dass wir offiziell von Marc dazu bestellt worden waren. „Ich habe heute einen Termin bei Gericht und kann im Anschluss rüberkommen.", sagte der Anwalt nach einem Blick in seinen Kalender. „Und ich hüte solange Haus und Hof und mache ein paar Jahresabschlüsse und Steuererklärungen.", frotzelte Rainer.

Silke hatte sich die Gummistiefel angezogen und verschwand nach dem Frühstück im Stall. Sie winkte Christian vom Stall aus zu, als dieser wegfuhr. Die Schafe waren ungnädig gewesen, da Silke sich in den letzten Tagen nicht so intensiv mit ihnen beschäftigt hatte, wie sie es gewohnt waren. „Mädels, Ihr bekommt heute getrocknete Kräuter als Versöhnungsangebot." Ich hatte mich neben Lissy gelegt, die zum Wiederkäuen in ihrer Box lag. Sie pustete mir sanft über das Fell und ich fühlte mich rundum wohl bei ihr. Beim Ausmisten der Boxen ließ Silke sich Zeit, immer wieder streichelte sie die Schafe und setzte sich zu ihnen. „Das Landleben ist unübertrefflich grandios.", stellte sie fest. Im Anschluss säuberte Silke den Hühnerstall mit dem Hochdruckreiniger und schleppte auch dort frisches Stroh hinein. Rainer schaute kurz vorbei und fragte, ob er helfen könne, aber Silke verneinte, „Nein danke, ich schaff das schon. Außerdem bin ich das meinen Tieren schuldig." Sie lächelte dabei und die Freude an der Arbeit war ihr anzusehen.

Frisch geduscht und duftend stand Silke in ihrer Jeans und einem schwarzen T-Shirt in der Küche. Rainer schaute sie mit einem komischen Blick an und lächelte dabei. „Du siehst immer toll aus.", schmeichelte er ihr. „Ach was. Ich mache nur kein Bohei um alles.", wehrte Silke verlegen ab. Ich leckte ihre Hand und sah sie verliebt ab. „Guck, Siley sieht das genauso wie ich.", erkannte Rainer. „Ihr seid doof.", lachte Silke und schenkte sich ein Glas Wasser ein. „Dein Frauchen konnte noch nie gut mit Komplimenten umgehen. Das liegt daran, dass sie diese gar nicht nötig hat.", erklärte Rainer mir. Ich verstand gar nichts, außer, dass ich die tollste Hundemama der Welt hatte.

Mit meinem noblen Laufgeschirr sprang ich in den Kofferraum, bereit, bei dem Verhör von Lukas Ahlers mitzuhören. Marc erwartete uns am Haupteingang des Präsidiums und führte uns direkt in das Nebenzimmer des Verhörraums. „Ahlers muss nicht wissen, dass Ihr da seid." Er stellte mir einen Wassernapf hin und reichte Silke Kaffee. „Wann soll Lukas Ahlers hier sein?", fragte Silke. „In ca. 10 Minuten sollte er eintreffen. Er war recht abweisend, als ich ihn vorgeladen habe. Meinte, bei seiner Frau könnten nun jederzeit die Wehen einsetzen." „Sie scheint mir eine sehr nette Frau zu sein.", sagte Silke, „Es täte mir sehr leid, wenn sich dein Verdacht gegen ihren Mann bestätigen sollte." „Warten wir es ab... aber momentan spricht einiges gegen ihn." Dann klopfte es an die Tür und Marc ging auf den Flur, wo er Herrn Ahlers begrüßte. Ich konnte seine Unsicherheit bis in unseren Raum riechen.

„Herr Ahlers, sind Sie damit einverstanden, wenn das Gespräch aufgezeichnet wird?" Der werdende Familienvater war einverstanden und straffte seine Schultern. Er saß vorne auf der Kante seines Stuhles. „Bitte berichten Sie mir doch noch einmal, wie es zu dem Streit zwischen Ihnen und Herrn Michael Gerke gekommen ist." Lukas Ahlers sah Marc mit großen Augen an. „Das habe ich doch schon erzählt, es ging um einen Rasenmäher. Ich kenne... kannte Michael seit der Schule und wir haben öfter mal gestritten. Er hatte sich anfangs, als ich mit meiner Frau zusammengekommen bin, auch an sie heranmachen wollen, doch sie hatte sich dann für mich entschieden. Damals hatten wir riesigen Krach, aber ich habe ihn doch da auch nicht umgebracht. Warum sollte ich es also jetzt wegen eines Rasenmähers tun?" Herr Ahlers hatte hektisch geredet, ihm wurde bewusst, dass er unter Verdacht stand, seinen Freund Michael Gerke ermordet zu haben. Ich zog mit der Schnauze an Silkes Hand und sie sah mich an. „Du glaubst auch nicht, dass er es war, oder?" Silke sah wieder durch das Glas, ohne, dass man uns sehen konnte, was ich sehr interessant fand. Ich traute mich kaum, mich zu bewegen, da ich ständig dachte, die Leute im Nebenzimmer könnten mich bemerken. „Ihr Verhalten spricht nicht gerade für Sie.", stellte Marc fest und sah den verdächtigen Lukas Ahlers fest an. „Ich war es aber nicht.", wurde Ahlers nun laut. Ich jaulte und lief Richtung Tür. Man musste Marc stoppen, er verrannte sich, das spürte ich ganz deutlich. Silke öffnete die Tür und ich lief zu Nebentür, um dort daran zu kratzen, Marc sollte herauskommen.

„Er war es nicht. Siley ist sich da ganz sicher." Silke sprach flüsternd mit Marc, der auf mein Kratzen hin die Tür geöffnet hatte. „Aber es spricht alles gegen ihn. Budde hatte mir gestern noch von dem Streit um den Rasenmäher erzählt und, dass Ahlers gedroht hatte, das würde Konsequenzen für Gerke haben." „Das mag alles sein, aber mal ehrlich, warum sollte er seinen Schulfreund wegen eines Rasenmähers quasi hinrichten? So, wie die Tat umgesetzt worden war, ist dies nicht im Affekt geschehen, Gerke ist mühsam drapiert worden. Ahlers wird Vater, das macht keinen Sinn." Silke redete auf den Kommissar ein. „Siley war beim ersten Besuch kein Freund von Ahlers, aber er hält ihn nicht für den Mörder." Marc sah zur Tür des Verhörraums und dachte nach. „Okay... ich lasse ihn gehen." Silke nickte, „Lass ihn nach Hause zu seiner Frau fahren." „Silke, ich trete bei diesem Fall dermaßen auf der Stelle, dass ich langsam meine Glaubwürdigkeit verliere." Silke legte ihm die Hand auf die Schulter. „Siley und ich sind nun wieder dabei, wir geben jetzt Vollgas." Ich zog Marc am Hemdsärmel und wedelte freudig mit dem Schwanz. „Wartet noch kurz, bis Ahlers weg ist, dann reden wir in Ruhe."

Der Kommissar ging wieder zu Lukas Ahlers ins Verhörzimmer. „Ich habe noch eine Frage an Sie, dann können Sie vorerst nach Hause zu Ihrer Frau gehen." Lukas Ahlers sah Marc fragend an. „Wir haben gehört, dass Michael Gerke ein Schreiben oder ein Brief aufgesetzt haben soll, das wichtige Informationen enthalten soll. Wissen Sie etwas darüber?" Herr Ahlers überlegte kurz. „Nein, ich weiß nichts davon. Aber das letzte, was wir uns gesagt haben, war, wie soll ich sagen... unschön..." Er schluckte und schaute auf den Tisch. „Sie kannten ihn doch lange und gut...", begann Marc, „Wo würde er etwas für ihn Bedeutsames verstecken?" Ahlers schaute wieder auf. „Michael hat gern Dinge im Hundebett versteckt, da er meinte, dass dort niemand suchen würde." Bei dem Gedanken daran musste er lächeln. „Ich fand das immer witzig, denn Sunny ist viel zu freundlich, als dass er jemanden davon abhalten würde, sein Hundebett auseinanderzunehmen." „Ich danke Ihnen, Herr Ahlers. Sie dürfen nun gehen, aber bitte halten Sie sich zu unserer Verfügung." Der Mann stand zögerlich auf und ging dann zur Tür. „Dann bin ich nun nicht länger unter Verdacht?" „Wir ermitteln noch, aber ich denke, Sie können sich in Ruhe auf das Kind freuen.", sprach Marc im Mut zu. „Muss ich nun auch um mein Leben fürchten? Immerhin wurde der

Mordversuch an unserem gemeinsamen Freund Carsten Budde nur durch zufällig vorbeilaufende Passanten verhindert." „Wie gesagt, wir ermitteln noch, daher kann ich da nichts zu sagen." „Ich verstehe." Lukas Ahlers verabschiedete sich und als er auf dem Flur auf Silke und mich traf, sah er uns verwirrt an. „Hallo.", sagte er. „Hallo.", antwortete Silke, als Ahlers an uns vorbeilief.

„Wenn Siley sich irrt, dann bin ich bis auf die Knochen blamiert.", machte Marc uns aufmerksam. „Ahlers ist immer noch mein Hauptverdächtiger." „Lass Siley machen...", bat Silke. „Wie willst du nun weiter vorgehen?" Ich werde nachher zum Haus von Michael Gerke fahren und dort in dem Hundebett nach diesem ominösen Schreiben suchen." Marc sah uns mit geneigtem Kopf an. „Ihr werdet mich doch sicher gern begleiten." Ich sah Silke an und bellte dann, damit sie Ja sagte. Mein Instinkt sagte mir, dass wir nun auf dem richtigen Weg waren. „Du hörst es ja. Mein Herr und Gebieter will mit und ich werde ihn fahren müssen." Silke zuckte mit den Schultern und lachte. „Rainer begleitet euch doch sicher auch gern.", grinste Marc. „Ganz bestimmt. Und er bringt Lucky auch mit." Silke hatte sich bereits zum Gehen gewandt und winkte Marc über die Schulter zum Abschied zu.

Rainer war sofort Feuer und Flamme. „Natürlich bin ich mit dabei." Lucky saß neben uns und sah uns verständnislos an. Manchmal stand er aber auch auf der Leitung. Genervt lief ich zum Schrank, auf dem die Leckerlis standen, ich fand, mir stand nun eins zu. Silke redete noch mit Rainer über den Ablauf des restlichen Tages und hatte es nicht bemerkt, dass ich mein Leckerli forderte, daher bellte ich laut. „Ist doch gut. Ich komme ja." „Er hat dich aber wirklich gut im Griff.", scherzte Rainer und hockte sich auf den Boden, um Lucky, der sich vor ihm auf den Rücken gelegt hatte, den Bauch zu kraulen. „Das sagt der, der seinem Hundekumpel ohne Murren den Bauch krault." Silke verdrehte die Augen und sah mich verschwörerisch an.

Nach dem Mittagessen, das aus Broten und Eiern bestand, wurden Lucky und ich angezogen. Er hopste wie ein Flummi auf und ab, begeistert, dass es zu einem Ausflug gehen sollte. Rainer öffnete die Tennentür und Lucky rannte im vollen Galopp zum Auto. Dort wartete er schwanzwedelnd darauf, einsteigen zu dürfen. Rainer hatte noch etwas im Haus vergessen und war noch einmal zurückgegangen. Als er dann langsam über den Hof zum Auto lief, trieb ihn Silke zur Eile an. „Also Lucky kommt definitiv nicht nach dir. Ihn gibt es nur im Dauerlauf und nicht im

Schlenderschritt." Ja, ja.", winkte Rainer ab, „Ich bin hier der Älteste von uns." Ich hatte heute etwas Mühe, in den Kofferraum zu springen und benötigte mehrere Anläufe. „Der Älteste ist Siley.", stellte Silke fest und half mir in den Wagen. Sie streichelte mir das Gesicht und gab mir einen Kuss. „Alles gut, mein Engelchen, ich bin für dich da." Dankbar drückte ich meinen Kopf an ihre Hand und rieb mein Ohr daran.

12

Marc fuhr von der anderen Seite vor, als wir beim Haus von Michael Gerke ankamen. „Da ist der Suchtrupp ja komplett.", begrüßte er uns. Ich stand brav neben Silke und wartete auf meinen Einsatz. Lucky zog an der Leine, um Marc zu begrüßen, wobei er Rainer fast zu Fall brachte. „Ihr seid mir so Profis.", neckte der Kommissar Rainer. „Er ist voller Elan, so wie ich." Bei diesen Worten drehte Rainer sich zu Silke um und zwinkerte. „Auf geht's." Marc ging voran, er hatte den Schlüssel für die Haustür in der Hand, doch, als er diese aufschließen wollte, stockte er. „Was ist?" Silke versuchte Marc über die Schulter zu schauen. „Das Siegel ist aufgebrochen." Silke sah Rainer an und dann auf die Tür. „Bleibt hinter mir." Marc zog seine Waffe, schloss leise die Tür auf und betrat den Flur. Ich drängte mich an den Beinen vorbei und konnte eine mir bekannte Duftnote erkennen.

Marc sah auf mich runter und folgte meinem Blick. Dann hörten wir ein Rascheln. Marc hielt den Finger vor die Lippen, damit alle ruhig sein sollten. Rainer blieb etwas zurück und hielt Lucky an der kurzen Leine. Dieser wollte übermütig ins Haus rennen. „Schsch...", ermahnte Rainer ihn und er sah mich verwirrt an. Ein weiteres Geräusch kam aus dem Wohnzimmer. Marc holte tief Luft und trat mit großen Schritten ins Wohnzimmer. „Stehen bleiben...", dann brach er ab. „Herr Gerke? Was machen Sie hier?" Der Vater von Michael sah uns mit großen erschrockenen Augen an. „Ich habe etwas gesucht." Er zögerte, bevor er weitersprach. „Der Bestatter wollte wissen, ob Michael eine Sterbeversicherung abgeschlossen hat." Marc steckte seine Waffe wieder weg und winkte uns herein. „Sie haben das polizeiliche Siegel gebrochen.", sagte er mit scharfem Unterton. „Wie bitte?" „Das Siegel, das an den Türen angebracht ist." „Ach so, das. Ich habe ja einen Schlüssel für Michaels Haus." „Das berechtigt Sie aber noch lange nicht, ein von der Polizei angebrachtes Siegel abzureißen. Wir sind noch mitten in den Ermittlungen. Sie sind gerade im Begriff, Spuren zu verwischen." Marc machte den Vater auf die Konsequenzen seines Handelns mit deutlichen Worten aufmerksam.

Der Vater vom toten Gerke sah mich immer nur kurz an und wich meinem Blick aus. Er stand mit hängenden Schultern vor uns. „Das wollte ich nicht, ich...", er sprach nicht weiter, als er Lucky reinkommen sah. Dieser zerrte an der Leine, als er ihn erkannte und bellte ihn wütend an. „Sunny... er kann mich einfach nicht leiden." Je mehr der Mann sprach, desto sicherer war ich mir, dass mit ihm etwas nicht stimmte und ich knurrte nun ebenfalls. Herr Gerke trat einen Schritt nach hinten. „Hunde mögen mich einfach nicht, das war schon immer so." Er zuckte mit den Schultern und stellte sich hinter den Ohrensessel, der im Raum stand. „Ich geh mit Lucky raus.", entschied Rainer und zog ihn kräftig hinter sich her. Draußen beruhigte sich mein gelber Freund wieder und wartete brav mit Rainer vor dem Haus. „Siley, aus." Silke brachte mich zur Ruhe und ich setzte mich, ohne jedoch Herrn Gerke aus den Augen zu lassen.

Marc bat Gerke Senior in die Küche zu gehen und dort zu auf ihn zu warten. Dann wandte er sich an Silke und mich. „Ihr beide schaut in dem Hundebett nach, ich gehe in die Küche und spreche allein mit Herrn Gerke." Er folgte Herrn Gerke und schloss die Küchentür. Silke wartete, bis sie die beiden reden hören konnte, dann machte sie die Leine ab und ließ mich im Wohnzimmer frei herumlaufen. Ich steuerte direkt das Hundebett von Lucky an und schob es mit der Nase in Silkes Richtung. Sie hockte sich auf den Boden und hob das Bett hoch. Gespannt sah ich ihr zu, wie sie den Reißverschluss des Bettes öffnete und in den Bezug griff. Sie wühlte darin herum. „Hier ist nichts drin.", sagte sie enttäuscht zu mir. Sie hielt den Reißverschluss auf, damit ich meine Nase hineinstecken konnte, doch auch ich konnte keine Spur von Papiergeruch entdecken.

„In Anbetracht Ihres Verlustes belasse ich es bei einer Verwarnung." Marc brachte Vater Gerke zur Haustür, wo er sich an dem wieder lautstark bellenden Lucky vorbeidrückte. Im Anschluss kam Marc, gefolgt von Rainer und Lucky ins Haus. „Falls Ihr eine Sterbeversicherung finden solltet, sagt Bescheid, ich gebe sie Herrn Gerke dann. Er hat erst vor zwei Jahren seine Frau verloren, da weiß er um die Kosten, die nun erneut auf ihn zukommen." Silke warf mir einen Blick zu, aus dem ich sehen konnte, dass sie Vater Gerke genauso wenig mochte, wie Lucky und ich. „In dem Hundebett ist nichts gewesen.", erklärte sie Marc und Rainer. Marc schlug mit der Hand auf die Rückenlehne des Ohrensessels. „Das wäre ja auch zu schön gewesen." Seine Stimme klang niedergeschlagen. „Ich hatte die Hoffnung, dass dieser Hinweis mich... uns weiterbringen würde." Silke stand wortlos im Raum, nur Rainer sah sich noch um. „Vielleicht hatte Lucky noch ein weiteres Hundebett? Siley hat ja auch mehrere." „Nein, bei der ersten Durchsuchung des Hauses habe ich schon gesehen, dass es nur dieses eine Hundebett gibt. Ich hatte damals noch gedacht, dass Siley durchaus ein verwöhnter kleiner Prinz ist, der den totalen Luxus hat." Er versuchte die Situation mit einem Scherz wieder aufzulockern. Silke sah ihn an und plötzlich fing sie an zu lachen. Sie lachte und lachte, bis die anderen nicht mehr anders konnten, als mitzulachen. Lucky rückte näher an mich heran, ihm war das Verhalten der Menschen ungeheuer und auch ich wusste nicht so richtig, was es da zu lachen gab, den Luxus verdiente ich schließlich auch und wusste ihn auch zu schätzen.

Lucky zog es in die Küche, wohin er Rainer mitzog. Ich blieb im Wohnzimmer und konzentrierte mich. Mein Blick fiel auf den Sessel und ich sog die Luft in meine weitgeöffneten Nasenlöcher. Die Menschen hatten sich wieder eingekriegt und beratschlagten, was sie als nächstes tun wollten, sie beachteten mich gar nicht. Langsam näherte ich mich dem Ohrensessel, meine Augen hatte ich geschlossen und ich folgte nur meiner Nase. Es war offensichtlich, dass Lucky auf diesem Sessel gelegen hatte, und das auch oft. Sein Geruch hing fest in den Fasern. Silke bemerkte als erste, dass ich den Ohrensessel ins Visier genommen hatte. Sie wies mit dem Finger auf mich und gebot den anderen, mich machen zu lassen. Ich lief um den Sessel herum, dann versuchte ich, unter ihn zu robben. Nun war ich sicher. Ich bellte, weil ich nicht weiter unter den Sessel kam, aber meine Nase hatte mir aufgezeigt, dass unter ihm etwas verborgen war. „Kipp den Sessel.", sagte Silke knapp und legte sich neben mich auf den Boden. Marc tat, wie geheißen und nun schauten Silke und ich auf die Unterseite des grünen Ohrensessels. Mit einem tiefen Schnaufen ließ ich die Luft aus. Silke sah mich mit einem breiten Grinsen an. „Du bist der Knaller." Vorsichtig zog sie etwas heraus, das zwischen den Sitzfedern geklemmt war. Sie hielt es hoch in die Luft. „Siley hat etwas gefunden...", präsentierte sie mit Stolz in der Stimme. „Aber..." Marc nahm den Umschlag aus Silkes Hand. Rainer war aus der Küche dazugeeilt. „Habt Ihr es?" Marc öffnete den Umschlag und holte einen handgeschriebenen Zettel heraus, den er sich durchlas. „Das glaubt Ihr mir nie." Mit diesen Worten reichte er Silke den Zettel wieder zurück, die ihn gemeinsam mit Rainer las. Alle drei sahen sich an. Silke reagierte dann schnell. „Lauf, Siley, lauf hinter Gerke her.", befahl sie mir. „Mach Lucky die Leine ab.", sagte sie Rainer, der sofort den Haken löste. „Lauf, Siley!", rief Silke nochmal und ich düste los. Lucky sah Rainer erst an, doch dann folgte er mir und holte mich schnell ein. Die Spur von Gerke war noch frisch und so rannte ich, so schnell ich konnte. Lucky begriff langsam und er jagte neben mir her.

Etwas fünfhundert Meter vor uns konnte ich Vater Gerke erkennen und nun kam die Wut in mir hoch, die mich so schnell rennen ließ, dass Lucky Mühe hatte zu folgen. Hinter uns konnte ich Silke hören, die uns hinterherrannte. Marc hatte sein Handy aus der Tasche gezogen, während Rainer den Wagen startete, und Verstärkung gerufen. Die beiden fuhren hinter uns her. Herr Gerke bemerkte, dass er verfolgt wurde und fing nun auch an zu rennen, doch ich holte ihn ein und packte ihn am Hosenbein. Lucky tat es mir gleich und zerrte an seinem Arm, womit wir ihn zu Fall brachten. Ich war drauf und dran, den Mann zu beißen, doch Silke Ruf weit hinter mir, hielt mich davon ab. „Siley, NEIN!" Sie keuchte nach Luft. Rainer und Marc überholten sie und sie verlangsamte ihren Sprint. Marc verhaftete Herrn Gerke und strich mir dann über den Kopf. „Du hast meine Ehre gerettet.", flüsterte er mir zu. Als Silke bei uns ankam, versuchte Rainer, sie festzuhalten. „Silke, er ist es nicht wert." Sie riss sich los und trat beängstigend nah an Herrn Gerke heran. „Sie haben meinen Hund geschlagen!" Wut blitzte aus ihren Augen und sie hob die Hand. Rainer griff danach und hielt sie fest. „Silke...", sprach er ruhig, aber bestimmt, „Bitte... tu das nicht." „Er hat Siley brutal geschlagen.", sie begann zu weinen. Rainer nahm sie in die Arme und hielt sie fest. „Ich verstehe dich. Er wird seine gerechte Strafe bekommen. Siley hat ihn erwischt." Herr Gerke schwieg die ganze Zeit.

Der Streifenwagen fuhr mit Herrn Gerke weg und ließ Rainer, Silke und Marc zurück. Marc hatte bereits den Staatsanwalt wegen des Haftbefehls angerufen und man brachte

Gerke Senior ins Untersuchungsgefängnis nach Oldenburg. „Dass ich Gerke gehen lassen habe, bleibt bitte unter uns.", bat der Kommissar inständig. „Du hast ihn verhaftet, das allein zählt." Silke sah Marc dankbar an. „Ich hatte den Vater nicht als Täter in Betracht gezogen." Marc vereinbarte mit Silke und Rainer, dass er Lukas Ahlers und Carsten Budde zu uns auf den Hof bestellen wollte, um ihnen die Wandlung des Todes ihres langjährigen Freundes zu berichten, dann fuhr er erst einmal zum Präsidium, um seinen Bericht zu schreiben.

Rainer hatte den Grill angeworfen und hatte die ersten Stücke Fleisch bereits fertig, als Carsten Budde und Lukas Ahlers vor unserem Tor parkten. Sie begrüßten sich unsicher und schauten über das Einfahrtstor. Ich sah sie vor den anderen und kündigte sie mit einem Bellen an. „Sie sind da.", stellte Silke fest, „Fehlt nur noch Marc." Dieser fuhr in diesem Moment vor. „Dann wären wir ja vollzählig." Unsere Gäste wurden von Lucky fröhlich begrüßt und er wich Carsten Budde nicht von der Seite. Rainer sah zu ihm hinüber, ließ ihn jedoch gewähren.

Marc hielt nicht lange hinter dem Berg und teilte den beiden Freunden mit, dass der Fall abgeschlossen war. Carsten und Lukas sahen sich an und atmeten tief durch. „Wer hat Michael ermordet?", fragte Lukas neugierig.

„Sie werden es kaum glauben... sein eigener Vater war es." Die beiden jungen Männer waren sprachlos über diese Eröffnung. „Aber was hat ihn dazu getrieben?" Carsten konnte es nicht glauben. „Vor zwei Jahren ist erst seine Frau, also die Mutter von Michael verstorben. Michael war doch alles, was ihm an Familie noch geblieben war. Ich verstehe das nicht." Er sah Lukas an, dem die Fragezeichen ins Gesicht geschrieben standen. Marc übergab das Wort an Silke. „Sie hatten uns doch von diesem Schreiben erzählt, das Michael Ihnen geben wollte. Wir haben dieses gefunden." Silke machte eine kunstvolle Pause, um die Spannung zu erhöhen. „Michael hatte herausgefunden, dass sein Vater seine Mutter ermordet hatte, weil diese vorhatte, sich von ihm zu trennen. Ihr Freund hat seinen Vater damit konfrontiert, damit er sich stellt. Als er nach einer Woche diese nicht getan hat, hat er seine Beweise für den Mord an seiner Mutter aufgeschrieben. Diesen Zettel wollte er Ihnen...", Silke sprach Carsten Budde an, „...an dem Tag geben, als er umgebracht wurde. Wir vermuten, dass Michael seinem Vater ein Ultimatum gestellt hat und, dass er ihm von seiner Niederschrift erzählt hat, die er Ihnen geben wollte." Hier übernahm Marc wieder das Reden. „Genau so war es. Gerke Senior hat bereits gestanden, dass er seinen Sohn zwingen wollte, das Schreiben zu vernichten, was dieser jedoch verweigert hatte. Aus diesem Grund hat er Michael niedergeschlagen und dann in den Baum gehängt, um ihn auf diese Weise davon abzuhalten, den eigenen Vater anzuzeigen. Michael war aber nicht davon abzuhalten und so hat der Vater seinen eigenen Sohn erschossen. Lucky hat dies leider miterleben müssen." Den beiden Männern stand der Schock ins Gesicht geschrieben. „Ja, aber... warum wurde ich dann angegriffen?" „Vater Gerke musste davon ausgehen, dass Sie bereits von Michael über den Mord an Frau Gerke Bescheid wussten, daher wollte er kein Risiko eingehen." Lukas sah seinen Freund an. „Ich fand Michaels Vater immer schon etwas unheimlich.", gestand er. Silke fuhr fort. „Den Angriff auf mich hat er getätigt, da Siley und ich ihm mit unseren Ermittlungen auf die Spur hätten kommen können, was wir dann ja auch sind. Er hatte nur nicht mit Siley starker Liebe zu mir gerechnet und, dass er dermaßen auf ihn losgehen würde. Sileys mutiges Eingreifen..." „und meins", warf Rainer ein, „Ja, und deins, haben mir und auch Siley das Leben gerettet, so wie die Passanten Ihnen."

Das zuvor Gehörte hatte Carsten und Lukas sprachlos werden lassen. Lukas sah in die Runde. Michaels Vater wird nun aber vor Gericht kommen, oder?" „Ja. Er wird eine Anklage wegen zweifachen Mordes, zwei versuchter Morde und noch einigen kleinerer Vergehen erhoben. Aufgrund der Schwere der Taten, denn, so wie diese ausgeführt wurden, sind diese wie Hinrichtungen zu behandeln, wird er lebenslänglich mit anschließender Sicherungsverwahrung für sich beanspruchen können, weil Siley ihm das Handwerk gelegt hat."

Carsten kraulte Lucky hinter den Ohren. „Dein Herrchen wollte immer Gerechtigkeit, er war ein wirklich guter Mensch." Traurigkeit breitete sich aus. „Michael war lange Ihr Freund und er wird es auch immer bleiben." Rainer sprach den beiden Freunden Mut zu. „Ja, das wird er." „Herr Budde, ich hätte noch eine Frage." Silke sah erstaunt zu Rainer, auch ich ahnte, was er ihn fragen wollte. „Wir haben Michaels Hund ja aufgenommen, weil er plötzlich kein Zuhause mehr hatte. Aber ich sehe, dass Sie und er sich doch ausgesprochen mögen." Carsten lächelte Lucky an. „Ja, er ist ein toller Hund." „Könnten Sie sich vorstellen, ihn bei sich aufzunehmen?" Aus Rainers Stimme war zu hören, dass ihm dies schwerfiel. „Sind Sie sicher?", fragte Carsten, „Ich würde mich sehr freuen und mich gut um ihn kümmern." „Ich denke, es ist das Beste so." Lucky stand auf, ging zu Rainer und drückte sich fest an ihn, um dann wieder zu Carsten zurückzugehen. „Damit ist das entschieden."

Christian stieß noch zu uns dazu und in halbwegs fröhlicher Stimmung ging der Abend zu Ende, an dem wir uns von Lucky verabschiedeten. Mir würde er fehlen, obwohl er mich manchmal auch genervt hatte und ich leckte ihm die Lefzen, als er ging. Silke hatte sich bei Rainer untergehakt und gab ihm einen Kuss. „Passen Sie gut auf sich auf.", gab Silke den beiden Männern mit. „Und Grüße an Ihre Frau." Lukas Ahlers dankte Silke und gab dann Marc die Hand. „Danke, dass Sie den Fall geklärt haben." „Es war nichts Persönliches gegen Sie. Letztendlich hat Siley den richtigen Riecher gehabt. Ich hatte mich von der Ähnlichkeit der Angriffe blenden lassen und hatte einen Serientäter vermutet." „Es ist gut zu wissen, dass der Fall geklärt ist." Silke lächelte mich an, sie war stolz auf mich und meine Instinkte. Am Abend war es ruhig bei uns geworden. Lucky war weg und ich genoss die Zeit mit Silke. Rainer war recht still, aber ich merkte, dass er mit seiner Entscheidung, Lucky an Carsten zu geben, zufrieden war.

Epilog

Richtig gute Freunde zu haben, ist ein großes Glück. Man steht füreinander ein und steht einander bei. Silke und ich sind beste Freunde, aber sie hat auch noch andere Freunde. Das ist das Wichtigste im Leben, nicht die materiellen Dinge.

Silke und ich treffen regelmäßig unsere Freunde, aber, auch, wenn wir sie nicht immer sehen oder sie weit weg von uns wohnen, sie sind da, so wie wir für sie.

Wir Hunde kennen kein Internet oder soziale Netzwerkplattformen, wir sind stets im direkten persönlichen Kontakt miteinander, das ist viel schöner, denn das Leben ist real und offline, nicht fiktiv und online.

Geht auf Menschen (und Hunde) zu, nehmt Euch die Zeit füreinander.

In diesem Sinne grüßt Euch

Siley

Tod im ländlichen Vreschen-Bokel

Print: ISBN 9783757814939
E-Book: ISBN 9783757842529

Tod an der Bokeler Brücke

Print: ISBN 9783752825953
E-Book: ISBN 9783757873370

Tod im beschaulichen
Augustfehn

Print: ISBN 9783756800148
E-Book: ISBN 9783756830220

Tod im Aper Tief

Print: ISBN 9783754349410
E-Book: ISBN 9783756846528

Krebs sei Dank

Silke Lüttmann

Krebs sei dank

Wie ich durch den Krebs über
mich hinaus wuchs

Bericht

Print: ISBN 9783751997096
E-Book: ISBN 9783752632989

Ich werde Bürgermeisterin

Print: ISBN 9783754343708
E-Book: ISBN 9783754370551